Vengeresses

Peggy-Loup Garbal

Vengeresses

roman

Philippe Rey

L'éditeur remercie Caroline Laurent
d'avoir contribué à la publication de cet ouvrage.

7, rue Rougemont – 75009 Paris

www.philippe-rey.fr

À celle qui est mon double et ma moitié

I.

Ma jumelle. Ma sœur d'avant monde.

Te souviens-tu de nos années silencieuses, à traverser la vie sans y toucher, à tisser autour de nous des secrets dont on ne se défait pas, à porter ensemble notre anormalité ? À être repoussées sans cesse par les autres ? Moquées ? Te souviens-tu de cette sensation de marcher seules dans la foule ?

Des jours de violence, où, blotties l'une contre l'autre dans la cour d'école ou à la maison, nous recevions les coups sans les rendre ? La gueule en sang, la tête fléchie, le corps ployé ?

Redresse la tête, ma jumelle. Des temps meilleurs viennent. Oui, redresse la tête, notre singularité n'est plus un fardeau. C'est notre force. À deux, réclamons justice.

Personne ne nous écoute, tu le sais bien.

Toi seule m'entends, m'aimes quand je me désaime, me rassures quand la nuit tombe, et même – et surtout – quand elle s'abat en plein jour.

Ce genre de nuit – l'effondrement.

Jeudi dernier, par exemple. T'en souviens-tu ?

Un jeudi ordinaire en apparence. Midi sonnait à l'horloge du salon, les secondes s'égrenaient, agaçantes, indifférentes. Puis le destin a frappé. Fort. Nous qui croyions n'avoir plus rien à apprendre de la douleur ! Depuis, nous crions vengeance.

N'y pensons plus. Du moins pour l'instant. Ma sœur, qui sommes-nous vraiment ?

On nous dit douces, calmes et timides.

Mais approchez-vous, regardez mieux ! N'ayez pas peur, ou plutôt si, tremblez ! Ne voyez-vous pas les ombres qui grouillent sous notre peau ? Les ténèbres qui avancent ?

Vous vivez aveugles dans votre putain de monde.

Ma jumelle, tout cela était inévitable. Qui nous a déshumanisées ? Laquelle de nous deux a attrapé la rage la première ?

Dunkerque.

La gare bruit. Dans quelques heures, nous serons à Paris, première étape de notre voyage jusqu'à Marseille.

Des gens pressés nous frôlent, cognent nos épaules dans des odeurs d'aisselles et de parfums bon marché. Fait-il chaud ou froid ? Difficile à dire, ma peau hésite, se hérisse ou se couvre de sueur. Des bruits de pistons et des cris de joie nous cassent les oreilles. La foule m'asphyxie.

Respire !

Notre mère avait exigé notre retour pour le lundi suivant (des courses à faire : avec son pauvre dos, elle était bien en peine de se déplacer elle-même) et s'était désolée une fois de plus de ses filles incapables de conduire :

– Vous ne pouvez pas y aller en voiture au lieu de tirer vos valises partout ? Ce serait plus facile.

– On préfère comme ça.

– Ça ne m'étonne pas : vous aimez vous compliquer la vie. Faire les intéressantes.

Ta gueule.

Les grossièretés lancées à ma mère s'arrêtent toujours quelque part entre mon cœur et ma gorge, parfois s'accrochent à ma bouche – un hameçon crevant mes lèvres. Je saigne, mais personne ne le voit. Sauf toi.

Notre train entre enfin en gare, je soulève ma valise et monte dans la rame presque vide.

J'observe nos compagnons de voyage : une rombière, une mère et son enfant, un costume-cravate.

Et nous.

Il flotte dans l'air un parfum familier, une réminiscence, un malaise. Où ai-je déjà senti cette odeur ? Je réfléchis, en vain. Réveille-toi, tu devrais le savoir !

Le regard de ma sœur me traverse, l'odeur la gêne, elle aussi cherche sa provenance – et le souvenir qui va avec.

Le train s'ébranle. Je me crispe, le mouvement m'effraie. Je dois le maîtriser, car mon corps, instable, chavire à la moindre secousse. Mes mains agrippent les accoudoirs du siège.

La cavalcade de la machine étire des doigts de pluie sur la vitre, le paysage file.

Un cheval blanc galope le long des rails. C'est mon fidèle compagnon, un mustang, un animal sauvage. Il fonce, enroulant-déroulant ses jambes, sa crinière ondule sur son encolure. Il n'existe que dans ma tête, et il m'accompagne toujours en voyage.

Paris, Lyon, Marseille. Notre voyage compte trois étapes pour éviter des trajets trop longs. Les roulis et les grincements du train irritent nos tympans, mais c'est le transport qui nous convient le mieux. L'avion ? Hors de question. S'il s'écrasait ? Une chance sur douze millions. Mais les probabilités de survie seraient trop minces : 60 % selon les statistiques, même si j'en doute. À dix mille pieds, sans air, précipité vers la terre, comment en réchapper ? Il faudrait établir des chiffres précis, en fonction de l'altitude et la nature du problème. En tout cas, la moitié et dix points, ce n'est pas assez pour nous autres, engluées dans la fange malchanceuse de la population.

La voiture ? Comme nous n'évaluons aucune distance, nous ne conduisons pas, au risque d'emboutir le premier lampadaire sur notre route, l'imaginant vingt mètres plus loin.

Un cri interrompt ma réflexion.

– Simon !

La mère, les jambes repliées devant un amas de sacs, s'acharne à maintenir l'enfant sur son siège. Elle l'attrape par l'arrière de son col, le supplie :

– Assieds-toi, ce ne sera pas long !

Le garçon se débat, rougit, suffoque, se retourne et frappe sa mère. La rombière, assise à côté, évite de justesse un coude dans la figure.

– Oh ! s'offusque-t-elle. En voilà des manières ! Vous devriez le punir, ma pauvre dame, sinon ce garçon vous bouffera la laine sur le dos !

Je fronce les sourcils : la femme porte une veste en jean, pourquoi la rombière parle-t-elle de laine ?

La mère bredouille en se frottant la joue :

– Désolée, madame. Le punir ne servirait à rien, Simon est hyperactif, il ne se contrôle pas…

La rombière se lève, et dans un claquement de talons plats, change de siège pour s'asseoir en face de costume-cravate. Le prenant à témoin :

– C'est la mode tous ces trucs-là, l'hyperactivité, l'autisme, la bipolarité et j'en passe. J'en ai vu dans ma carrière, des soi-disant. J'étais psychanalyste, imaginez-vous (puis, très bas pour que la mère occupée avec son fils n'entende pas), des mal élevés, oui ! Une bonne paire de claques pour arranger tout ça !

Elle nous fixe soudain comme les gens fixent les jumelles : sans gêne.

– Vous êtes jumelles ? Remarquez, ça se voit, vous êtes habillées pareil.

Sa voix aiguë m'exaspère, s'emmêle au roulis du train. Je résiste à l'envie de me boucher les oreilles. Ou de tabasser la rombière. Mais frapper quelqu'un est illégal – surtout en présence de témoins. Je bouche donc mes oreilles.

La rombière se renfrogne et chuchote à son vis-à-vis :

– Elles sont bizarres, vous ne trouvez pas ?

Costume-cravate fouille sa sacoche, en extirpe une paire de lunettes, déplie son journal et se désintéresse de nous. Ma sœur triture le col de sa chemise, lèvres serrées, signe d'une angoisse croissante. *Frotte, frotte, frotte.* Ses longs, très longs cheveux noirs, comme les miens, touchent ses genoux – elle baisse la tête.

J'ai peur aussi, j'en frissonne, la déflagration approche, mais pourquoi ? J'effleure la main de ma sœur, juste un instant, car l'anxiété brûle la peau. Un demi-sourire se dessine. Nous nous comprenons sans parler. Remonte un souvenir :

– Vos filles, elles ne sont pas normales. Elles sont muettes ou quoi ?

– Non, docteur. Parfois, elles disent des mots.

– Donc, c'est dans la tête que ça ne tourne pas rond (il mordille le bout de son stylo). Elles ont quel âge ? Sept ans ? L'école, c'est comment ?

– Une catastrophe. Elles ont déjà redoublé.

– C'est fâcheux. Vous êtes seule à supporter ce malheur ? Et… votre mari ?

– Il est mort, hélas.

– J'en suis navré. Écoutez, madame, mon diagnostic est le suivant : vos filles sont débiles mentales.

Il se penche pour lui toucher l'épaule, comme si c'était elle qui souffrait.

Maman gémit :

– Je le savais, la poisse me poursuit ! Toute seule, c'est difficile de m'occuper de ces enfants. Ah, quand mon mari était encore là, il me soutenait dans cette épreuve…

Derrière le médecin, face à nous, un rayon de soleil s'introduit par la fenêtre et griffe la joue de ma sœur. Je souris, fascinée par les milliers de nuances de la lumière. Peut-être arriverai-je à l'attraper… Maman interrompt mon geste, rabattant sa main sur mon bras levé :

– Mireille et Marie, vous avez entendu ? Vous comprenez ?

Silence. Évidemment, nous comprenons. Mais le silence est notre seule défense contre les mots des autres. Parler n'est pas sans conséquence, les mots exigent des réponses et les bonnes réponses s'égarent dans nos têtes. Je regarde ma main vide. Pourquoi est-il interdit d'attraper le soleil ?

Mireille et Marie. À part Maman, personne ne nous appelle jamais comme ça, pas même nos professeurs pour qui nous sommes simplement les jumelles. Sinon, les gens contractent nos prénoms : Mima, pour éviter les mélanges. La honte s'étend sur celui qui se trompe. Pourquoi ? Se tromper est interdit. Il y a tellement de choses interdites. Il faut toujours les bonnes réponses. Et nous, nous induisons les gens en erreur. Vilaines jumelles ! a-t-on idée aussi de se ressembler autant ? Ah, c'est sûr, elles feront tourner les hommes en bourrique plus tard avec leur perversion, elles baiseront les mêmes amants, c'est certain. N'est-ce pas ce que font toutes les jumelles ? Alors, Mireille ou Marie ? Marie ou Mireille ? On nous appelle Mima. Mais on s'en fout, de toute façon, on ne répond jamais. Que répondre aux mots volatiles ?

Le train ralentit en gare. Le long des rails, les branches des arbres s'agitent, une feuille se décroche et virevolte dans l'air.

Un coup de frein. La rombière, déséquilibrée, bascule vers l'avant et peste : son sac à main en faux croco vient de se renverser sous le siège d'en face. Que peut-il contenir ? Un portefeuille, un bâton de rouge, du blush ? Je fixe les pores dilatés sur le vieux visage : la rombière en tient une couche, et pas seulement dans sa tête. Je m'esclaffe. Vois le portefeuille qui a glissé dans le coin de la rame et qui a échappé aux regards. Sa propriétaire nous bouscule pour sortir du train. Son parfum s'incruste dans nos habits – Eau de Givenchy et crème au karité pour les mains. Nous reconnaissons cette odeur. Nous savons qui est cette femme.

Et ça tombe sur nous d'un seul coup.

Le vertige. La rage.

– Madame, vous descendez ?

L'homme à lunettes s'agace derrière moi. Les cris de Simon résonnent dans le hall.

Elle souffre, le nez dans le bitume, une main crispée sur son sac en faux croco. Elle s'agite encore dans la nuit – l'attaque a été si soudaine –, mais ce n'est qu'une question de secondes.

Le lampadaire au bout de la rue grésille, les bouches d'égout recrachent le brouillard.

Mima jette sur le corps le portefeuille contenant l'adresse qui a permis de localiser la rombière. Il fallait la retrouver, sinon les sœurs ressasseraient les faits, dans un désordre sensoriel sans queue ni tête. Il fallait dissoudre la colère avant de saccager l'esprit, car il n'y a plus de place pour l'enfermer, les corps et les âmes débordent. La colère cesse d'exister avec la femme. Celle-ci a résisté vaillamment, cherchant son souffle, la chair tailladée par une rage venue de loin.

Et Mima respire mieux.

Elle a soigneusement nettoyé les empreintes digitales sur le portefeuille, noué ses cheveux, effacé la moindre trace. Pendant ce temps-là, sa jumelle buvait un café dans un endroit bondé. Car si on retrouvait un ADN sur la scène de crime, qui pourrait affirmer s'il s'agissait du sien ou de celui de sa sœur ? Prendrait-on le risque de condamner une innocente ? Le doute doit profiter à l'accusé, la loi le dit. C'est juste une précaution, elles ne figurent dans aucune base ADN.

Si Mima n'avait pas reconnu l'odeur aigre sous le parfum de la rombière, rien ne serait arrivé. Mais c'est sa faute aussi, elle a refusé d'écouter.

– Laissez-moi tranquille, je ne vous connais pas, s'était-elle énervée, en essayant de la chasser comme on chasse une mouche.

Les mots sont difficiles à retenir, mais les blessures, elles, s'infligent en silence et sont indélébiles. Celles des corps, celles des âmes. Combien de probabilités y avait-il pour que se produise cette rencontre, le passé qui s'emmêle au présent? Aujourd'hui, le jour du grand départ.

Mima s'accroupit près de l'agonisante, approche sa bouche de son oreille et chuchote:

– Écoute.

La mort avale sa proie.

La rombière n'a même pas reconnu la jumelle qui l'a abordée tout à l'heure. Ni comme la femme du train ni comme son ancienne patiente, celle qu'elle a envoyée avec sa sœur dans l'enfer des familles d'accueil. Un fantôme parmi les fantômes.

Réminiscence.

– Autistes, dites-vous? Qui a posé ce diagnostic, madame? Autistes, ça n'existe pas! Vos enfants (elle les désigne d'un geste agacé) sont simplement mal élevées, c'est un problème d'éducation. Je ne vous jette pas la pierre, une femme sans homme, ce n'est pas facile. Mais il faut changer vos enfants d'environnement. Je vais faire une demande de placement dans une autre famille.

La sentence gifle la mère qui pense aux bouteilles d'alcool dans le placard de la cuisine. Boire, vite, j'ai soif, je dois noyer mon esprit.

Les enfants s'interrogent, accrochées l'une à l'autre. Que veut cette femme qui sent mauvais ? Qu'ont-elles fait de mal ? On pouvait donc changer de famille en cours de vie, comme les animaux changent parfois de maîtres ?

La rombière méprisait le silence. Pourtant, le silence ne signifiait pas le vide.

Aujourd'hui, le nez dans le trottoir, elle paie sa dette.

À l'horizon, les lumières de la nuit bordent la Seine, Mima court vers les eaux, y jette le couteau qui a servi à frapper le ventre ; le ventre, puisque le cœur manquait. Mima regarde ses mains tueuses. Autrefois, avec ces mains-là, elle jouait à attraper le soleil.

II.

Paris.

Accoudée à la fenêtre de la chambre d'hôtel, je pense à cette phrase : Il faut toujours s'agenouiller devant Dieu et les hommes.

Qui me l'a soufflée ? Le diable, sans doute.

Elle me rappelle notre première famille d'accueil, et les leçons apprises là-bas. La mère nous inculquait l'amour sévère de Dieu, le père la meilleure manière de s'agenouiller devant lui. Quand je dis « lui », je ne parle pas de Dieu. Dieu ne vivait pas parmi nous.

Pendant l'absence de la mère, le père nous besognait en se justifiant :

– C'est une façon de vous exprimer mon amour. Pour mieux vous connaître intimement.

Pourtant, il ne cherchait jamais plus profond que nos cuisses ouvertes.

Il nous visitait dans notre chambre le samedi soir, à l'heure de la messe de 20 heures. Alors que sa grenouille de bénitier chantait les bienfaits du Seigneur, il haletait au-dessus de nous, les veines du cou saillantes, au bord de l'explosion.

Pendant l'acte, je retournais mon esprit comme un gant, dans l'obscurité où vivait l'immobile.

– Tu saignes ? Tu as mal ? C'est normal la première fois.

Il m'avait remercié de lui avoir offert ma virginité. Comme si j'avais eu le choix.

J'essayais de l'aimer. Peut-être que ça rendrait les choses plus faciles. Je me dénudais jour après jour, peau après peau, jusqu'à l'écorchement, mais l'amour se dérobait.

J'étais maladroite, pas assez active.

– Comment veux-tu que je t'aime dans ces conditions ?

Du haut de mes douze ans, je savais déjà que je ne méritais rien.

Je taisais les faits à l'assistante sociale du collège, de peur de me faire gronder. Ne l'avais-je pas cherché ? Moi qui me fardais à outrance avec du maquillage volé dans le vanity de la mère d'accueil, du rouge aux lèvres, du rose aux joues, du bleu sur les paupières, du noir autour des yeux… pas un centimètre de peau n'était épargné.

Un jour, la prof de ma classe adaptée m'avait lancé en plein cours :

– On dirait un clown ! Tu veux vraiment te faire remarquer !

Et l'assemblée avait ri.

Faux. Si je me maquille trop, c'est justement pour me cacher. Mais le camouflage provoquait l'effet inverse.

– Tu t'habilles comme une pute ! Tu cherches ! avait crié la même semaine Jules, un garçon de troisième, en me coinçant dans l'escalier du bâtiment B pour introduire ses doigts sous ma jupe. Je sentais son avant-bras peser sur ma gorge. Plaquée au mur, j'étais à la fois impuissante et furieuse. Mais pas de taille à résister.

Mon esprit le trucidait de mille manières. J'avais fini par lui échapper, dévalé l'escalier, gagné la cour, mais il me talonnait, tirant sur ma jupe pour la baisser. Affolée, j'avais couru droit dans des ronces, m'y enfonçant le plus loin possible jusqu'à mi-cuisse. Jules, incrédule, avait abandonné. Pour cette fois. Je ne doutais pas qu'il me le ferait payer. Un groupe d'élèves s'était formé autour de moi. J'étais sortie des fourrés les jambes déchirées, l'âme en lambeaux. Allez-y, riez, vous en avez tellement envie ! Mais personne ne riait, et personne ne bougeait. C'était, je crois, le plus douloureux.

À douze ans, je m'habillais encore en huit ans. J'étais plus petite que la moyenne, mais surtout, la famille d'accueil n'avait jamais renouvelé ma garde-robe. Mes jambes s'allongeaient, mes jupes rétrécissaient. Et les chaussures trop étroites. Mes baskets me martyrisaient. J'en pleurais en rentrant du collège à pied. Puis, arrivée à l'appartement, j'ôtais doucement mes chaussettes barbouillées de sang.

Je me consolais avec ma sœur :

– Au moins, plus tard, nous aurons de petits pieds. Comme les Japonaises.

Mais fallait-il être bête pour s'infliger volontairement une telle souffrance.

Une fois, j'ai utilisé le père d'accueil pour avoir de nouvelles chaussures. Trois battements de longs cils, une fossette qui se creuse, une cambrure, et le tour était joué. C'était donc si simple d'obtenir les choses qu'on voulait ? Nous apprenions la survie en milieu hostile.

Entre nous, on appelait cet homme Pantalon, à cause de sa manie d'en porter deux l'un sur l'autre. C'était un pêcheur, dans tous les sens du terme. Il disait qu'ainsi, s'il était trop mouillé par les éclaboussures sur son embarcation, il pouvait toujours « avoir les couilles au sec ». Pantalon est mort deux ans après notre arrivée chez lui, rattrapé par une cirrhose. Sa femme s'est empressée de se débarrasser de nous.

Elle s'était plainte auprès de la voisine :

– Je ne comprends pas pourquoi Victor les aimait autant. Des muettes ! Pas même foutues d'aligner deux mots.

Mais le mutisme est l'aubaine du criminel. Imaginez : laquelle sans parole le dénoncerait ? D'ailleurs, qui nous croirait ?

Nous étions des proies idéales, triplement vulnérables : enfants, filles, handicapées. Et orphelines de père.

Les services sociaux nous ont rendues à notre mère, supposant qu'elle serait cette fois-ci capable de gérer notre éducation entre deux bouteilles d'alcool. Ou ne sachant que faire de nous.

Dans mes plus lointains souvenirs, Maman nous aimait. Il y avait ses bras pour pousser la balançoire, et moi dessus – ou ma sœur –, une jupe se relevait au-dessus des genoux à la grande envolée, les rires fusaient, une odeur de gâteaux, une spatule, un nez et une bouche barbouillés de chocolat, une ancre tatouée derrière l'oreille de Papa. J'enfonçais mon visage dedans, au temps des étreintes innocentes, refusant de me désamarrer. Avec lui, j'embarquais dans un monde plus rassurant. Papa me protégeait des méchants. Au jardin d'enfants, il avait crié un jour sur une animatrice qui m'avait traitée de « gamine bête à manger du foin ». Je ne comprenais pas cette phrase, mais je la savais blessante. Et j'aimais mon père presque autant que ma sœur.

Puis Papa est mort lors d'une sortie en mer. Le soir, il n'est pas rentré au port de Dunkerque. La nuit est tombée avec lui, le jour n'est jamais revenu. Le bateau gisait éventré à des milles de là. La mer avait gardé mon père. Et Maman s'était mise à sentir la vinasse et à ne plus se contrôler.

Un coup à la porte.

– Regarde! crie ma sœur en entrant à la volée dans la chambre d'hôtel, un journal à la main. Page 4!

« Crime crapuleux en plein Paris. Martha G., retraitée, a été sauvagement assassinée hier alors qu'elle rentrait chez elle. Même s'il n'y a eu aucun témoin de la scène, la police privilégie la thèse du crime crapuleux. En effet, le portefeuille de la victime, resté à proximité, était vide. Une enquête a été ouverte. »

Je soupire de soulagement. Nous nous asseyons sur le lit, nouons nos doigts à notre manière, fort à en blanchir nos jointures.

Le miroir d'en face nous renvoie nos regards croisés. Pas un seul de nos traits n'a changé: sur nos visages et dans nos yeux, le crime se fait discret.

Entre nous et nos reflets, des fils invisibles se tissent. Même s'ils font des nœuds, les liens sont incassables. C'est notre toile d'araignée : nous sommes multiples, unes et indivisibles.

Aujourd'hui, nous avons tué. Cette femme le méritait, non ? Nous nous sommes simplement défendues. À rebours.

Quelle incroyable coïncidence de la retrouver dans le train ! Mais était-ce si improbable ? Tant de gens nous avaient martyrisées, ils étaient légion, ils se promenaient impunément dans les rues, les artères, les trains. Une coïncidence, peut-être, même si je préférais penser à un signe, une approbation de l'univers.

Nous allions sans doute nous en tirer, cette fois-ci. Mais alors, qui nous arrêtera ? J'empêche le remords de forcer un passage dans ma tête. La pénitence est amie des faibles. J'ai juré, un soir devant la lune pleine, le vent soulevait mes cheveux… les mains jointes, j'ai juré :

– Je me vengerai !

J'ai prêté serment avec moi-même des milliers de fois. Et rompu mes promesses d'autant. Jusqu'à aujourd'hui.

Et ce n'est que le début.

L'épisode avec la rombière nous a galvanisées : puisque nous allions à Marseille tuer notre pire ennemi, pourquoi s'arrêter en si bon chemin ? Un meurtre ou plusieurs, quelle différence ? À peine deux heures sur Internet, et nous avions retrouvé nos cibles. Les monstres vivent partout, ils laissent des traces. Voici venu le temps de rendre les coups. Avec un supplément de rage. Qu'importe les conséquences. Nous étions déjà maudites et condamnées par la société.

Nous sommes au restaurant. Une saturation de cliquetis de verres, de conversations décousues, de spots de lumière. Les sons jouent à cache-cache, je tourne la tête à l'exact opposé de la voix du serveur. Elle résonne à mon oreille aussi fort que celle du type au bout de la salle.

– Je vous entends mal.

Le serveur s'agace, mais plaque un sourire professionnel sur son visage. Il répète sa phrase, « Voulez-vous du vin ? », je la déchiffre sur ses lèvres.

Oui, bien sûr, je veux du vin, j'en veux des litres, en digne fille de ma mère. Je veux du rouge, du gros, n'ayez pas peur de remplir mon verre à ras bord !

Cette brève conversation m'a épuisée.

Le serveur jette un regard intrigué sur mes doigts : des pansements entourent trois d'entre eux, les autres saignent, la peau arrachée jusqu'à la première phalange. Un trop-plein d'anxiété.

« Comme c'est vilain ! » se moquait ma mère et je cachais mes mains derrière mon dos.

– Tu crois que ça va marcher ? me glisse ma sœur une fois le serveur parti.

Avec sa fourchette, elle pique une pâte dans mon assiette, l'enfourne dans sa bouche.

– Mais oui, bien sûr, à nous deux, on peut tout !

– J'ai hâte, et en même temps j'ai peur.

– Moi aussi, j'ai peur.

– Je suis là. On y arrivera.

Elle éventre joyeusement son bar grillé aux herbes. À mon tour, je pioche dans son plat.

– Une chance que tu aies réussi à avoir des invitations pour la fameuse soirée !

J'imagine la scène, m'en délecte à l'avance. Dans ma longue robe rouge, achetée spécialement pour l'occasion – rien à foutre si ce n'est qu'une soirée de chasseurs et pas un cocktail mondain –, je boirai du champagne en le regardant souffrir.

Je me pencherai vers lui, comme pour le rassurer, mais je lui murmurerai :

– Écoute.

Et si j'en ai le temps avant que la mort ne l'emporte, je lui raconterai ce qu'il nous a fait.

L'heure tourne, la ville s'obscurcit. Ma chair palpite. Ma tête cogne. Je veux un homme.

À première vue, on me donnerait le bon Dieu sans confession, une sainte nitouche qui fait l'amour dans le noir, pudique, entre deux *Je vous salue Marie*. Je cache mes débordements. Et j'essaie de retenir la bête dans mon ventre – elle crève de faim. Elle se réveille entre chien et loup et ne s'assoupit qu'au matin.

Je suis une dévoreuse. Le désir des autres pour moi m'avive. C'est la seule émotion identifiable ; impossible à dissimuler, le désir épaissit l'air autour des hommes.

Prends-moi, vite et fort, enroule mes cheveux dans ton poing, tire-les, mais surtout, ne laisse jamais la tendresse s'insinuer.

Mes amants subissent ma bestialité, ils s'en plaignent rarement. Je crie, je feule, je mords, je griffe. Entre nous, tuer et faire l'amour, c'est un peu pareil.

Amoureuse ? Jamais : je ne sais pas ce que ça veut dire. Voilà bien un concept de gens normaux. Le sentiment amoureux, l'amitié, la camaraderie… tout cela m'égare. J'aime, c'est tout. Il n'existe pas d'entre-deux.

Aime-moi.

Mais dis-le-moi tout le temps, surtout si je ne suis pas là. Car tu sais, le monde s'arrête à la frontière de mon regard. En dehors, c'est l'inconnu, l'effondrement de toutes les certitudes. En dehors, c'est votre monde, pas le mien. Je n'existe que dans ma bulle. Loin de mes yeux, tu n'es qu'un rêve.

Il faut me dire je t'aime à chaque seconde qui passe. Même quand tu n'es pas là.

Je sais, mon amour est lourd. Il m'écrase moi aussi.

Ce soir, j'arpenterai les rues en balançant les hanches, croupe en arrière, pour ramasser n'importe qui, pour m'avilir puisque c'est le seul moyen d'obtenir de l'attention. Un inconnu, car l'affection m'entrave. Comme tous les mal-aimés, j'aime mal. Je ressens des forces contraires jusque dans l'étreinte : on me veut, on me rejette. Dans le regard-miroir des hommes, je me juge moi-même. Et me condamne.

L'anonyme, lui, se dissout à l'aube. Pas d'attachement, pas de douleur.

Je sors enfin dans la nuit. Ou peut-être est-ce ma sœur ? Qu'importe. La chasse à l'homme commence. Des empoignades sans promesses ni lendemain. Mes talons pilonnent l'escalier. Je cours, j'ai hâte. Mon ventre a mal, il faut guérir, n'est-ce pas ? Quelqu'un voudra-t-il de moi ? Va-t-on me trouver jolie ? Je doute. Je me juge durement dans le regard de l'autre, je l'ai déjà dit. Mais s'abandonner, se taire – enfin. Seuls les corps parlent et le mien est plutôt doué. Moi l'élève docile, j'ai bien appris. Hélas ! le jour où le désir disparaîtra, où plus personne ne me susurrera « Tu es belle », et c'est inévitable le temps joue contre moi, je perdrai tout intérêt. Sans artifices, qui aimerait une femme de mon espèce ?

La cloche suspendue à la porte de l'hôtel tinte. Une à une, les étoiles s'éteignent dans le ciel.

III.

Lyon.

– Cette fois-ci, il faut redoubler de prudence. C'est un juge quand même.

Ma sœur mime un juge en train de resserrer sa cravate. Je glousse.

Postées à l'angle de la rue Massena et du cours Vitton, nous observons l'élégant immeuble de notre proie. Le vent fouette nos joues. Celles de ma sœur rosissent, les miennes aussi, sûrement. J'enfonce mon bonnet sur la tête.

– Là ! La lumière s'allume !

Une silhouette se découpe à la fenêtre de la cible. Grossit. Le juge surgit sur le balcon, nous reculons dans la pénombre. Se sentira-t-il épié ?

Je l'aurais reconnu n'importe où. Pour moi, les visages se confondent, mais la posture, la démarche… impossible de les modifier.

Il se tient un peu voûté – une légère scoliose – les bras relâchés, le buste relevé. Un pied en dedans.

Une ombre se déploie : sa femme. Elle l'enlace par-derrière, pose sa tête dans le creux de son cou.

Si j'étais normale, je trouverais cela attendrissant.

Demain, l'une d'entre nous le bousculera dans les couloirs du tribunal. Engagera la conversation. Lui proposera un rendez-vous libertin. Il acceptera : les juges sont si faciles à corrompre.

Après Pantalon et Grenouille de bénitier, nous sommes retournées chez notre mère. Mais celle-ci ne parvenait toujours pas à se relever de ses drames personnels. Elle s'était mise au whisky, car le vin ne l'assommait plus assez. Elle s'occupait à peine de nous, négligeait notre hygiène. Nous n'avions pas encore d'autonomie dans ce domaine. Nos fesses, nos oreilles et nos dents restaient sales dans l'indifférence générale, y compris la nôtre. Quand Maman parvenait à nous crier d'aller prendre un bain (selon elle nous sentions le cochon dans sa soue), nous nous trempions à moitié habillées, incapables de définir la limite entre notre corps et nos vêtements.

– Mais quelle paire d'imbéciles vous faites ! s'époumonait Maman.

Il valait mieux acquiescer, ne pas bouger. Respirer en douce, nous effacer.

Un après-midi, elle nous a oubliées à l'école. Elle y a pensé deux heures après la sortie, alors que la directrice tentait vainement de la joindre. Dans sa précipitation, et l'ivresse lui brouillant la vue au volant de sa deux-chevaux, elle a défoncé une partie du portail de l'établissement ainsi que la voiture de la directrice.

Je crois que c'est ce dernier événement, plutôt que les traces de brûlures de cigarettes sur nos bras, qui a poussé l'Assistance publique à nous replacer en famille d'accueil.

Là-bas, j'étais prête à livrer bataille. À épaissir mon armure.

Mais régnaient l'amour, la douceur, la tendresse, et aucune ombre pour s'allonger derrière la porte de notre chambre. À notre arrivée, nous étions sur la défensive, ignorant de quel côté allait venir le premier coup. Maudissant le changement et notre obligation à nous adapter. Quitte à vivre en enfer, nous préférions notre enfer familier. De notre mère, nous savions tout : la rougeur sur ses pommettes, signe d'explosion imminente, le clignement agacé de ses paupières, annonciateur de claques, les heures de relâchement. Et le vide-ordures où nous jetions ses bouteilles, ce qu'il fallait en dire :

– On le jure, on n'a pas touché tes bouteilles. Tu les as toutes bues.

Elle enfilait son manteau, repartait au magasin pour en racheter. Quelques moments de répit. Nous priions pour qu'elle ne découvre pas les éclats de verre dans le local à poubelles. Nous priions, même si Dieu ne nous écoutait jamais lui non plus.

Il fallait tout réapprendre, sans cesse. Continuer d'ériger le mur autour de nous, brique après brique, pour retenir le malheur. Mais chez Jossémine et Paul, une fissure laissait passer la lumière. Nous n'avons rien colmaté.

La mère de famille était une grande femme énergique et douce. Ses yeux riaient sous la frange blonde. Elle s'agitait dans la cuisine, essayant de reproduire en une semaine l'intégralité des gâteaux de son livre de recettes.

Le père, un ouvrier, travailleur de nuit, quittait le domicile sur la pointe des pieds pour ne pas nous réveiller. Ce qui n'arrivait jamais, puisque nous étions insomniaques. Les heures défilaient sur l'écran du radio-réveil, nos yeux pleuraient de douleur et de désespoir.

Dors !

Je me relâchais dans des spasmes musculaires, mes jambes tremblaient. Mon corps refusait de lâcher prise.

Je finissais par somnoler, la nuit reculait, l'aube se levait une heure après l'assoupissement. Il fallait revenir dans le vrai monde après avoir eu tant de mal à en sortir.

Je mouillais mon lit et rabattais les draps sur le matelas, espérant cacher mon forfait. Mais l'odeur d'urine imprégnait la chambre.

Un souvenir de l'école maternelle. J'avais eu beau remuer sur ma chaise pour me contrôler, ma vessie avait cédé après vingt minutes de classe.

Je n'avais pas osé lever le doigt, sinon on m'aurait dévisagée. Et les regards me pilonnaient.

La maîtresse s'en était aperçue en passant à côté de moi pour rejoindre le fond de la classe. Elle avait crié comme si j'avais égorgé son chien, m'avait traitée de souillon. Mes camarades s'étaient bien amusés à mes dépens, même s'ils ignoraient la signification du mot « souillon ». Se moquer des autres s'apprend plus facilement que le vocabulaire.

Pourquoi je ne parlais pas, hein ? Pourquoi ? s'était énervée la maîtresse. Ce n'est pas compliqué pourtant !

– Il faut bouger ses lèvres comme ça (elle avait articulé exagérément). Mais toi, tu es bouche fermée, avachie sur ta chaise !

Elle me singeait, mes camarades se tordaient de rire sur les pupitres.

La maîtresse avait intercepté ma mère à la sortie. Les deux femmes gesticulaient et me jetaient des regards furieux.

Maman n'avait rien dit, mais m'avait traînée le long du chemin comme un animal capricieux.

Jossémine ne s'énervait jamais, elle retirait calmement les draps souillés, les roulait en boule et les enfournait dans la machine à laver, programme à 90 °. Elle nettoyait le matelas au jet d'eau dans le jardin. Pendant qu'il séchait, je dormais dans le lit de ma sœur. Il était petit, mais nous aussi, et en nous serrant il y avait largement la place. La nuit, les phares des voitures qui passaient sur la route derrière la maison balayaient la chambre tapissée de fleurs bleues, en éclairaient les recoins, à la manière d'un projecteur de cirque (Paul et Jossémine nous y avaient emmenées voir les clowns un jour) : la table de chevet et le livre corné, le couvre-lit, les jouets, le placard à vêtements, le bureau et son pot à crayons… Je trouvais cela beau et rassurant, c'est pourquoi nous laissions volets et rideaux ouverts. Les pantoufles de Jossémine glissaient dans le couloir, elle allumait la salle de bains, l'eau du robinet coulait, la lumière filtrait sous la porte. Je serrais ma sœur dans mes bras, la couverture était chaude, et je pensais qu'un jour la peur nous quitterait définitivement.

Quand les deux lits étaient trempés, Paul gonflait les matelas pneumatiques et nous installait, avec la toile de tente, dans le salon. Ces soirs-là, nous nous éclairions à la lampe de poche dans notre camping personnel. La maison se remplissait des stridulations de grillons d'outremonde.

Paul et Jossémine accueillaient aussi un bébé, Adrien, deux mois et quatre jours. Nous pouvions le promener dans le village, l'une d'entre nous poussait son landau le long des trottoirs cabossés, l'autre agitait un hochet sous son nez. Le bébé souriait ; tout l'amusait. Le temps n'avait encore rien effacé. Sourire ! Comme j'enviais cette faculté. Cela me paraissait tellement compliqué. Je me concentrais, étirais la bouche, et les effets étaient rarement ceux escomptés. Les gens me regardaient au mieux avec crainte, au pire avec horreur.

– Pourquoi tu grimaces ?

J'aurais dû savoir sourire : seulement dix-sept muscles sont nécessaires pour cela, contre soixante-cinq pour tirer la gueule. Il fallait simplement se détendre. Je m'entraînais chaque jour dans le miroir du couloir, jamais satisfaite du résultat.

Après le dîner, je sursautais au tintamarre des assiettes rangées dans le buffet. Paul ne disait rien, il observait. Puis il avait interrompu Jossémine qui s'attaquait aux verres.

– Le bruit angoisse les filles.

À partir de ce jour, la vaisselle fut rangée pendant les heures de classe. La famille se mit à porter des pantoufles et Adrien fut invité à crier moins fort.

On s'adaptait à nous et pas l'inverse. Je savourais mon rêve. Je pouvais dormir en paix. Mais un jour, le réveil sonna.

Trois mois. Un avant-goût de bonheur; sans doute déjà trop. Quelle injustice! Quelle cruauté! Offrir puis reprendre. L'espoir se propage vite, il faut le museler, le neutraliser.

L'assassiner.

Nous voulions être traitées en êtres humains, mais notre dossier le contestait, avec ce simple mot en gras: handicapées. Autistes. Hors monde. Nous n'avions aucun droit, sauf celui de nous taire, et d'ailleurs, c'était notre principal talent.

Un soir, deux individus des services sociaux ont frappé à la porte, sans prévenir de leur visite, nous arrachant aux bras de Paul et Jossémine. Nous venions d'enfiler nos pyjamas.

Les portes devraient toujours rester fermées, elles sont si dangereuses: sait-on les monstres tapis derrière, prêts à dévorer?

Vite, il fallait partir!

Pas de valise, nous avons fourré un maximum d'affaires dans nos sacs d'école neufs, la fermeture Éclair a craqué, j'ai pleuré lorsqu'une partie de mes jouets s'est répandue sur le sol.

Mais vite !

Dans la mêlée, j'ai lâché l'ours en peluche gagné la veille à la fête foraine. J'ai voulu le reprendre, il s'appelait Doudou, mais l'un des représentants de l'État, une femme à lunettes au chemisier déboutonné, m'a empoignée et tirée en arrière. Jossémine, en état de choc, a ramassé l'ours.

– Mais pourquoi ? Nous nous en occupons bien. Nous les aimons.

– C'est le problème, a répondu le serpent à lunettes : vous n'avez pas le droit de vous attacher à ces enfants. Vous êtes famille d'accueil, pas parents.

Elle essaya peut-être d'adoucir son propos en précisant :

– Vous savez, ce n'est pas moi qui décide : c'est le juge.

Mon cœur me semblait un boulet accroché à mon pied.

Le juge ? Qui était cet homme qui prenait les décisions sans nous, enfermé dans un bureau devant une pile de papiers, écrasant notre avenir sous un coup de tampon ?

Qu'avait-il compris entre les lignes ?

Les doigts de ma sœur s'agrippaient aux miens, à notre façon, ses yeux me retenaient au bord de l'abîme. *Tiens bon!* À défaut de guérir l'inguérissable, elle pansait mes plaies. Sans elle, je serais déjà morte de l'intérieur.

Nous avons enchaîné trois autres familles d'accueil. Et de nouveau dû redéployer nos systèmes de défense, élargir le mur. Le bétonner. Nous avions de la chance nous disait-on, on ne nous séparait pas. Fallait-il remercier ? Nous avions baissé la garde. Impardonnable, quand on sait que le monde est un endroit dangereux. Cela ne devait plus arriver.

Puisque personne n'avait le droit de nous aimer.

IV.

– Attends-moi, ne va pas si vite ! Où t'enfuis-tu, petite coquine ?

Après le sexe dans la voiture du juge, en lisière de forêt, Mima avait ouvert la portière et couru sous la futaie, relevant des deux mains sa robe longue pour lui éviter les ronces. La nuit l'empêche de progresser rapidement.

– Hé ho ?

Elle entend les branches craquer sous le pas lourd de l'homme derrière elle. Il titube déjà, pas seulement à cause de l'alcool, mais de la ciguë ajoutée dans la bouteille.

La plante pousse à profusion le long des fossés de la campagne lyonnaise, facile à identifier pour qui s'y connaît en botanique. Et Mima emmagasinait beaucoup de savoirs, elle s'en servait comme techniques de défense.

– Tiens, tu portes des gants ? avait questionné l'homme, alors qu'elle lui tendait la bouteille empoisonnée.

Surtout, pas d'empreintes digitales.

– Oui, cela fait grande dame, avait inventé Mima et l'homme avait ri.

– Ah ! ah ! Je te croyais pourtant de petite vertu !

Imbécile, avait-elle pensé.

Le juge s'était vite désintéressé des gants : tant qu'elle enlevait culotte et soutien-gorge, elle pouvait porter ces fichus gants sans problème, et même sur la tête si ça lui chantait.

Tiens, en parlant de gants… lui ne sent plus le bout de ses doigts. Il tente de les remuer, mais une paralysie le gagne, remonte le long des bras.

– Hé, j'me sens pas bien !

Mima stoppe sa course dans la forêt et retourne lentement vers l'homme, attentive aux bruissements de ses propres pas. Combien de pas avant de revenir à lui ? Elle compte : un, deux, trois… dix… cent.

– Je ne… Mes jambes ne me portent plus.

Le juge s'affaisse dans l'herbe.

Ses yeux fixent le ciel obstrué par la cime des arbres.

– Aide…

Sa phrase meurt dans un gargouillis.

La grande ciguë le tue, le poison fuse dans le corps, brûle les organes, paralyse les muscles.

Mima s'assied près de sa victime, la traîne de sa robe blanche au milieu des feuilles, sa perruque blonde de travers, impatiente d'assister à l'ultime soupir.

Le juge essaie de redresser la tête. Sa gorge expulse un grondement, puis un râle.

Dans les arbres, un hibou hulule.

Mima caresse la joue de l'homme. Il ne s'est pas rasé, il ne le fera plus, elle a résisté à l'envie de le repousser tout à l'heure dans la voiture, sa peau rêche agaçait son cou.

– Là, là. Chut. Ne force pas. Tu n'appliqueras plus jamais de sentence, le juge. Justice est faite. Maintenant, écoute.

La violence n'arrange rien. On nous l'a toujours dit, entre deux raclées.

Intellectuellement, cela s'entend. Émotionnellement, c'est autre chose. Est-on responsable de ses émois ? Bien sûr que non : ils éclatent en nous, libres et indépendants. Moi, je ressens la joie. Et j'assume mes actes. Le juge devait payer. À cause de lui, notre ligne de vie s'est divisée en deux. Nous vacillons dessus, funambules. Sans l'intervention du juge, nous aurions pu nous relever de notre enfance, il nous restait assez de résilience.

Plusieurs mois après notre arrachement de chez Paul et Jossémine, je l'avais vu à la télé, interrogé dans le cadre d'une émission sur la justice des mineurs. La justice ?

Connaissait-il seulement ce mot ? Le reportage s'ouvrait sur le juge sortant du tribunal, un dossier sous le bras, l'air affairé. Démarche assurée, buste fier, aucun fardeau sur les épaules. J'enregistrais les moindres détails qui me permettraient de le reconnaître si je le croisais dans la rue. À l'époque, je ne pensais pas à tuer. Juste lui vomir à la gueule. Lui souiller la face en public. Mais cela ne suffisait plus. Il avait volé notre dernière chance.

Aujourd'hui, même les souvenirs heureux infectent les plaies.

Un visage sourit dans ma mémoire.

Papa, là où tu es, te souviens-tu des jours de pêche dans l'étang ? Tu voulais nous en apprendre les rudiments, mais les cannes s'envolaient, les fils s'emmêlaient dans les arbres, et plus nous essayions de les défaire, plus ils s'enroulaient autour de nous. Tu allais chercher le couteau qui servait à couper nos sandwichs – à cette époque je ne craignais pas les lames –, tu tranchais les fils. Tu riais, tu embrassais nos têtes :

– Tant pis, ce soir, nous mangerons de l'herbe !

Nous nous désolions de notre maladresse, mais tu affirmais que la journée était bonne, le soleil brillait entre les arbres, l'air était frais et sec : un temps idéal pour une pêche sans prise ! Oui, la journée était bonne, même sans friture au dîner. Si j'avais su la fragilité des heures, la puissance de l'éphémère, j'aurais gravé ces instants dans ma mémoire, mais les souvenirs ont filé comme les perches dans l'étang. Je te croyais indissociable de nous ; notre chair et notre sang. Je croyais que si tu mourais, nous mourrions aussi.

N'est-ce pas finalement ce qui est arrivé ?

Ce jour-là, assis sur le talus humide à préparer les jambons-beurre, tu nous regardais attraper les poissons-chats à mains nues. Notre façon de pêcher, à nous, les primitives. Ces poissons avaient mauvaise réputation, la lie de leur espèce : sales, immangeables, gobant n'importe quoi. Je les enviais : leurs imperfections les sauvaient de l'assiette. Leurs moustaches cisaillaient nos doigts, nous les relâchions, l'eau se ridait.

Je me souviens de l'odeur des étangs, de mon pantalon roulé jusqu'aux chevilles, de mes pieds déchaussés s'accrochant aux algues. Les lieux ont-ils une mémoire eux aussi ? Subsiste-t-il là-bas une trace de nous, des jumelles fantômes qui continuent de pêcher à mains nues sous le regard de leur père ? Qui saura que cette scène a existé ? Peut-être les personnes sensibles nous devinent-elles en flânant au bord de l'eau. Un sentiment happé au passage, une joie et une émotion inexplicables ; quelque chose que le temps n'a jamais pu effacer. Il y a vingt-cinq ans, mon père nous aimait et le ciel ne s'était pas encore décroché.

Nous nous hâtons vers notre train, gare de la Part-Dieu, dévalant les marches de l'escalier roulant. Pas une fuite, une course. Qu'on nous attrape, oui, mais pas avant la fin.

Qui fera le lien entre le juge, la rombière et nous ? Qui découvrira notre rage et qui saura pourquoi ? Le temps que les enquêteurs rassemblent les pièces du puzzle, comprennent la logique de notre trajet, il sera trop tard. Que pourront-ils trouver avant que tout soit terminé ?

Nous avons minutieusement nettoyé la Mercedes du juge, attentives surtout aux cheveux, aux fluides corporels, aux empreintes. Ensuite, l'une de nous a emmené la voiture à des kilomètres de là dans la campagne, évitant les villes où trop de caméras espionnent.

Les broussailles d'un fossé ont englouti le véhicule. Il aurait été plus simple de remettre le juge dedans, sur le siège, mais il était trop lourd – un colosse –, alors Mima l'avait abandonné sur le tas de feuilles.

Ce sera difficile de repérer la Mercedes. À moins d'un éclat de soleil sur la carrosserie, au moment exact où un promeneur passerait en contre-haut.

Une sirène de police résonne du côté du cours Lafayette.

Je frissonne. De peur ou d'excitation ?

Nous partageons un secret. Ce deuxième crime prouve notre constance. Nous n'agissons pas seulement dans l'émotion : nous réfléchissons et analysons. L'ordonnancement des faits, la focalisation sur les détails nous empêchent de penser, de réaliser notre naufrage. Le regret doit s'écarter de notre chemin. Mais ma conscience crie : Vous êtes pires que vos tortionnaires !

Ferme-la. Avions-nous d'autres choix depuis ce fameux jeudi des ténèbres, le jour du basculement ?

Lui ! Je le revois se pavaner sur l'écran de télévision. Notre choc à sa vue : tant d'années avaient filé, parmi les destructeurs, lui et son costume trop serré, la cravate fine rentrée dans la ceinture tel un politicien, un air faussement bon. Un tic sur la joue.

– Je suis l'homme de la situation pour obtenir la présidence de la Fédération de chasse. Je suis parfait. Avec moi, tout s'arrangera, votez pour moi !

En résumé.

Tu ne trompes personne, surtout pas nous. Nous savons qui tu es. Ainsi tu es chasseur, espèce de porc ? Inversons les rôles : tu seras la proie. Vas-y, pérore derrière le micro du journaliste, aussi sourd que les autres. Bientôt, tu n'auras plus de voix. Ni dans les urnes de ta putain de société d'assassins ni dans la vie.

Le trajet Lyon-Montpellier s'éternise. Près de quatre heures dans les secousses de la rame. Le train a dû s'arrêter une bonne heure pour un « incident voie » dont nous ignorons tout. J'ai senti la panique monter, mes mains fourmillaient, mes jambes mollissaient. L'imprévu est notre pire cauchemar. Tout doit être pensé et paramétré à l'avance.

Mais à travers la vitre, mon cheval blanc, mon mustang des plaines sauvages m'attend sagement. Fidèle, il ne repartira pas sans moi. Ses naseaux frémissent, ses sabots raclent le sol.

Dans le compartiment, les gens s'impatientent, tordent le cou contre la vitre pour regarder le plus loin possible, supputant les différentes raisons de la panne.

– L'autre jour, quelqu'un s'est suicidé sur la voie, affirme un quinquagénaire. Deux heures de retard. Un jeune. C'était pas beau à voir, croyez-moi.

Cris effarouchés de femmes permanentées. L'une d'entre elles se ventile avec une main, essayant de ne pas succomber au désarroi. Ou émoustillée par les propos de l'homme, va savoir.

– Vous croyez que c'est encore le cas ?

– Possible. De nos jours, les jeunes n'ont plus de tripes. Ils sont dépressifs, se désespèrent pour un rien.

Je fulmine. Qu'en sait-il ?

– C'est comme mon fils, reprend-il. Quinze ans, et déjà revenu de tout. Sans projet ni ambition. Une chiffe molle.

Un coup de poing dans l'estomac.

Quinze ans. L'âge de mon propre enfant.

S'il avait survécu.

Quinze ans, comme moi à l'époque. Qui était le père ? Difficile à dire entre les amants consentis et les autres.

Mon sang avait cessé de couler. J'en ignorais la signification. Peut-être était-ce normal.

À mes premières règles, j'avais cru mourir. Je saignais de l'intérieur. Quelle maladie me dévorait ? Il n'y avait que les impures pour saigner à cet endroit-là. J'étais restée assise longtemps sur les toilettes, jambes écartées, à réfléchir au sens de l'événement et surtout, à la manière de l'annoncer à ma sœur. Puis, ça s'était arrêté. Et avait recommencé. Chaque fois, je ne mourais pas. J'en avais donc déduit que je vivrais, même si la peur ne me quittait jamais. Et si un jour, le robinet ne se fermait plus ? Comment stopper l'hémorragie ? Le corps humain contient seulement cinq litres de sang, sans doute moins pour moi. Cinq litres, c'est peu. Un bidon d'essence.

La situation terrifiait ma sœur. Chaque matin, elle repoussait les draps du lit pour découvrir l'écarlate en dessous, la preuve que mes entrailles foutaient le camp. Par le pire des endroits. L'entrée du mal. Ou devrais-je dire, du mâle. Y avait-il un lien ? Ma sœur cherchait dans les rayons des bibliothèques une explication à mon état. Le thème n'était pas facile. Nous conjuguions nos savoirs, mais je saignais, elle saignait, nous saignions.

À quatorze ans, un cours de biologie nous avait enfin révélé les menstruations. Sur le sujet de l'intimité, nous en savions à la fois trop et pas assez.

Le sang s'était arrêté. Peut-être était-ce normal, le cycle devait s'équilibrer. Mais quelque chose d'imperceptible avait changé. Je vomissais. Mon ventre se tendait.

Ma mère a compris avant moi.

Quatre mois après l'arrêt du sang, elle m'a emmenée dans un dispensaire. La sentence est tombée.

Trop tard.

Trop tard pour quoi ?

Pour se débarrasser du bébé.

J'ai enlacé mon ventre. S'en débarrasser ? Mais je voulais le garder ! Je l'aimais déjà, même si je venais d'apprendre son existence, il était en moi, son cœur battait avec le mien – et dans mon corps, quelle merveille ! –, alors ne le tuez pas !

Personne n'écoutait. Les handicapées, mineures de surcroît, ne décidaient rien. La société pensait pour nous, répertoriait nos données mentales, commandait par-dessus nos têtes vides. L'âge adulte ne nous garantissait pas davantage d'indépendance. Les marqués du sceau de l'anormalité étaient subordonnés, mal couvés – étouffés dans l'œuf.

Si Papa était vivant, il n'aurait jamais laissé cette horreur se produire. Il aurait fait barrage de son corps, il aurait raisonné ma mère.

– Que de soucis avec ces gamines, a pleurniché cette dernière.

L'infirmière m'a sermonnée :

– Il ne faut pas faire d'enfants, hein ? Tu ne pourras pas t'en occuper, et puis, imagine, s'ils sont comme toi.

Ma mère, déterminée à tuer l'enfant, et après un tour de passe-passe administratif, m'a envoyée dans une clinique aux Pays-Bas, où les délais d'avortement couraient jusqu'à plus de cinq mois.

Ma mémoire s'est fracturée. De cette hospitalisation, il me reste des bribes : l'enfant, le mien, déjà formé, aspiré par un tube, et mes mains inertes.

Mais pourquoi ne fais-tu rien ? Rattrape-le, incapable !

mes mains inertes sur les draps du lit, et moi anesthésiée corps et âme. Une infirmière avait séché mon front :

– Ne le regrettez pas, c'est juste un embryon, pas un bébé.

Il suçait son pouce.

Et mon errance dans le couloir, pieds nus en blouse – le ventre vide. L'absence de ma sœur. Elle devait tourner en rond, enragée, impuissante, dans l'appartement où ma mère l'avait enfermée.

– Je n'ai pas envie de me coltiner les deux ! Vous n'allez pas pleurer pour trois jours de séparation !

Je courais dans ce couloir, je criais *Ma sœur, mon enfant, où êtes-vous ? Vous me manquez tellement !*, mes doigts griffaient l'air, les infirmières me ramenaient à ma chambre, me plaquaient sur le lit, piquaient mon bras.

Le brouillard.

La haine. L'injustice.

Les anti-avortement qui m'ont craché dessus à ma sortie de l'hôpital, brandissant leurs pancartes à la con. Genre : « Défends la vie ! » Quelle vie ? La mienne, la sienne ? Qu'aurais-je pu offrir ? Les infirmières avaient raison : il valait mieux ne pas naître par moi. Retourne au néant et va chercher la lumière ailleurs. Je ne suis pas la bonne personne.

Le soleil brûlait mes paupières. Le corps labouré, la tête en feu, je marchais voûtée, comme une vieille ou comme quelqu'un assommé de chagrin. J'étais tout ça à la fois, salie, et je creusais des tombes dans mon ventre.

Après ça, le sang a coulé longtemps. Cinq litres par jour au moins, mais mon corps s'accrochait à la vie. Je me vidais, je dégoûtais ma mère qui refusait de m'acheter des serviettes hygiéniques. Je remplissais ma culotte de chiffons récupérés dans le placard à balais, avec l'angoisse qu'ils s'échappent par la jambe de mon pantalon au moindre mouvement. Je marchais comme un robot, les cuisses raides et serrées. À l'école, je nouais un pull autour de ma taille pour masquer mes fesses. Je frémissais en m'asseyant ou en me levant, de peur de voir le sang incrusté dans le bois des chaises. Parfois, le liquide descendait le long de mes jambes, les longues gouttes se faufilaient et imbibaient mes chaussettes. Ironie du sort, j'en étais venue à porter deux pantalons l'un par-dessus l'autre.

J'implorais le ciel pour que ça s'arrête. Mais quand ça s'est arrêté, définitivement, j'ai pleuré.

– L'autre jour, un petit con m'a piqué mon portefeuille, reprend le quinquagénaire du train. Je l'avais posé sur le comptoir d'un bar, le temps de payer mes consommations, eh bien, il est arrivé tranquille, l'a pris, et a détalé comme un lapin.

– Les gens n'ont plus de morale.

– J'ai porté plainte bien sûr. Il ne s'en tirera pas comme ça. Il y a des caméras de surveillance. De nos jours, avec toutes nos technologies, les caméras, l'ADN, aucun crime ne peut rester impuni.

Ma sœur et moi échangeons un coup d'œil complice.

– On n'est plus en sécurité nulle part à notre époque. Heureusement, moi je sais reconnaître les mauvaises personnes au premier regard.

La femme qui vient de parler nous lance un gentil sourire.

– Ah, déplore une autre, où va le monde ?

Le train redémarre dans une secousse. Ma sœur serre ma main.

Le monde va là où il est censé aller, madame : droit dans le mur.

V.

Le train file vers le Sud, sans jamais semer mon cheval.

Cours, mustang ! Aucune distance n'est infranchissable avec ta volonté de fer, et même si tu es chair et sang, tes jambes vaincront la mécanique ! L'herbe jaunit, le jour s'allonge, le ciel s'agrandit.

Au contraire, dans la rame, tout se resserre. Le brouhaha se matérialise à mes yeux en volutes de fumée blanche. Elles glissent, s'infiltrent dans mes narines, mes oreilles, sous mes paupières.

Un enfant hurle depuis de longues minutes. Personne pour le consoler ?

Un souvenir primitif émerge. A-t-il réellement existé ? Je suis dans mon berceau. Ma sœur pleure dans le sien. Il y a cette lame de fond dans mon corps, quelque chose qui me soulève, qui ressemble à la colère. Nos appels sont vains.

Ma mère avait adopté le courant de pensée qui préconisait de laisser pleurer les enfants. On ne sait jamais, s'ils devenaient capricieux. N'accourez pas aux cris, malheureux ! Ils vous enchaîneront !

J'ai longtemps cru que le silence venait de là ; les cris ne servaient à rien. Pourquoi s'irriter la gorge inutilement ? Mais ma sœur pleure et l'impuissance m'arrache aussi des larmes.

Comment bouge-t-on avec ce corps inabouti ? J'essayais de me retourner. Et il faut croire que j'avais des ressources.

Le temps se défragmente encore.

Chaque matin, nous racontait Papa, alors que nous dormions dans deux berceaux différents, on nous retrouvait dans le même, soudées l'une à l'autre, un enlacement difficile à rompre. Les pleurs de la nuit avaient séché. Papa s'émerveillait. Comment arrivions-nous à nous rejoindre, alors que nous ne savions même pas tenir debout ? L'amour ne connaît ni frontière ni obstacle, dit-on.

Pour elle, je traverserais l'enfer.

Ma mère s'agaçait de notre fusion. Elle avait toujours voulu une relation spéciale avec sa fille à naître. Elle confiait sa désillusion aux voisins. Elle s'imaginait en binôme avec sa progéniture, avait planifié une série d'événements :

la première rentrée scolaire, les études supérieures, le mariage (elle aurait cousu elle-même la robe de mariée, et dans le secret des alcôves, entre dentelles et parfums, elle aurait gloussé avec sa fille, tout en serrant sa taille avec des rubans), mais nous étions déjà deux, et elle s'était retrouvée exclue. Elle avait fait une croix sur les études supérieures et le mariage. Et même la rentrée scolaire avait été une catastrophe. Tant de deuils.

– J'aurais dû avorter, avait soupiré notre mère quelques années plus tard.

Elle moquait nos efforts pour enfiler nos bottes, sans comprendre dans quel sens s'y prendre.

– Celle-ci, c'est celle de gauche ! Andouilles ! Mais qui m'a foutu des gosses pareilles ! Dix-sept ans et pas capables d'enfiler des bottes ! Laissez-moi faire. Mais je ne serai pas toujours là pour vous aider.

Et son ton sous-entendait que le plus tôt serait le mieux.

Cette idée nous effrayait au plus haut point. Tout le monde le disait : sans elle, notre espérance de vie se réduisait. Peut-être même qu'on nous retrouverait mortes de faim devant le frigo rempli.

Les voisins s'apitoyaient : une mère dévouée, une veuve, qui s'occupait seule de ses enfants handicapées. La pauvre !

Ma mère s'enorgueillissait de son statut de femme méritante, elle paradait dans l'immeuble la tête haute, se confiait auprès de qui consentait à l'écouter. Elle parlait doucement, les voisins se penchaient :

– Quoi ? Je n'entends pas.

Elle détournait la tête, pudiquement pensait-on, mais, tout comme le filet de voix, la manœuvre consistait surtout à masquer son haleine puante d'alcoolique.

Il fallait croire les cloisons de notre appartement épaisses, puisque les cris semblaient ne pas les traverser. Le quartier se bouchait-il les oreilles ? « Chacun sa merde » était un peu sa devise.

La « pauvre mère » nous poursuivait de ses récriminations.

– Heureusement votre père est mort, il aurait tellement honte de vous !

Un coup dans la poitrine. J'avais protesté :

– Non, il nous aimait.

Ma mère détestait les rebuffades.

– Tu crois, espèce d'idiote ? Il ne vous supportait pas, lui non plus. Vous avez détruit notre vie. Avant vous, on était heureux, amoureux, on allait au restaurant, il m'offrait des fleurs et des bijoux. Après, on n'a plus eu le temps de rien.

– Menteuse !

Une gifle à ma sœur. J'en sentais le feu sur ma propre joue.

Elle tremblait, je vacillais : la crise de spasmophilie approchait.

Pendant ce temps, ma mère avait couru dans la salle de bains, fermé la bonde du lavabo et ouvert en grand le robinet. Elle avait agrippé les cheveux de ma sœur et enfoncé sa tête sous l'eau.

– Retire ce que tu as dit !

Elle était bien en peine de le faire.

Je ne respirais plus. Des bulles crevaient la surface. La haine me soulevait. Je voulais mordre, piquer, tuer.

– Lâche-la !

Où étaient les ciseaux de coiffeur, les plus longs, les plus effilés ? Ceux avec lesquels ma mère nous tailladait une vilaine frange ? Dans le tiroir ! Ma mère avait croisé mon regard. Qu'y avait-elle vu ? Elle avait lâché ma sœur.

– Pourquoi tu me regardes comme ça ? Tu veux me tuer ou quoi ? Baisse les yeux !

J'avais cédé.

Ma haine capitulait devant ma peur.

– Tu n'as pas le droit de faire ça, avait bredouillé ma sœur.

– Vous êtes mes enfants, vous m'appartenez, j'ai tous les droits ! Mais essayez donc de vous plaindre, personne ne croira des folles !

Elle nous avait chassées :

– Allez jouer dehors, je ne veux plus vous voir !

Le crachin se mêlait à nos larmes. Ma sœur essorait ses cheveux sous la capuche de son imperméable. *Plic plic* sur ses bottes mises à l'endroit. L'horizon gris se limitait à la clôture du jardin.

Après avoir sauté dans les flaques, nous nous sommes abritées sous un arbre, serrées l'une contre l'autre. En bonnes naufragées, nous imaginions tenir la barre de notre embarcation dans la tempête, de toutes nos forces à quatre mains. L'océan furieux cherchait à nous couler, mais nous résistions, accrochées à notre gouvernail. Les hommes avaient tous disparu, nous étions des survivantes.

– Terre à bâbord !

Un bruit nous avait arrachées à nos divagations.

Sur la route en contrebas, un groupe d'enfants riait. Une femme les accompagnait, marchant derrière eux nez au vent. Soudain, l'un des garçons avait sauté à genoux dans une flaque d'eau, produisant une gerbe de boue. Houlala, qu'est-ce qu'il allait prendre… La femme avait tendu la main, mais pas pour frapper, pour relever. Cette scène avait provoqué chez moi une profonde stupeur.

N'était-ce pas la norme de frapper les désobéissants? Existait-il encore un monde différent du nôtre?

Ma sœur observait, elle aussi.

– Papa nous aimait.

Laquelle de nous deux l'a dit? Nous étions si naïves.

Te souviens-tu comme ça nous arrangeait de croire notre mère menteuse? Comme on chérissait notre amour idéalisé? Notre père et son torse solide, sur lequel nous soulagions nos peurs, son ancre tatouée derrière l'oreille, sa voix qui tonnait pour nous défendre? Mais n'y avait-il pas, en effet, des moments d'assombrissement?

La fatigue, oui, mais pas à cause de nous, impossible! L'usure du temps, les journées en mer, la peau brûlée de soleil et d'embruns, les crevasses aux pieds, les kilos de poissons sur le pont, pris dans la nasse, qu'il fallait décharger le soir… quoi d'autre? Tout, mais pas nous.

Car si notre père ne nous aimait pas, nous aurions tout perdu. Pire, nous n'aurions jamais rien possédé. Dans nos moments de doute, nous nous raccrochions à cela: quelqu'un nous avait aimées et supportées. Je me rappelais sa tendresse, il chantait à tue-tête les chansons de Brassens et nous lisait des histoires de marins et de trésors.

– Mon trésor à moi, c'est vous!

Nous reniflions de contentement.

Les souvenirs sont trompeurs. S'ils ne sont pas convoqués de temps à autre, notre cerveau les écarte, parfois les efface. En invente des neufs. Ou crée des passerelles entre les événements, les réajustant à sa guise. À quel point nos souvenirs mentent-ils ? Existe-t-il une mémoire secrète dans le double fond de mon cerveau ?

Je me concentre.

Un livre fermé trop vite.

– Ce soir, je n'ai pas le temps de vous lire une histoire, je suis crevé.

– Chante, Papa !

– Demain.

Et une odeur de petit déjeuner : lait, café, pain grillé. Ma mère s'active dans la cuisine, dans son tablier « Cordon-bleu de l'année » offert pour la fête des Mères. Avant la boisson, elle cuisinait.

Je sors de ma chambre. La tiédeur de la moquette sous mes pieds, un froissement de son. Une casserole qui tinte. Mon père, assis à table, le front dans ses mains.

Son dos plié.

– Je ne peux plus faire face, Édith, il n'existe pas d'institutions pour les enfants comme elles ? Nous avons le droit de vivre normalement…

– Et comment on ferait ? grince notre mère. Tu as de l'argent planqué sous le matelas, toi ? Moi, non.

Je referme mon esprit. J'ai trop subi, je refuse cette vérité-là.

VI.

– Tu m'appartiens.

L'homme me l'affirmait. Je l'observais attentivement. Qu'est-ce qui m'avait remuée chez lui ?

Physiquement, je ne sais pas. La beauté est très subjective. La symétrie m'effraie. J'aime les aspérités, l'imperfection, le singulier. Les détails m'excitent. Mais le détail qui m'attire chez un homme ne sera pas forcément le même chez l'autre. L'ourlet d'une oreille, une cuisse solide ou le contraire, une cambrure, un tic nerveux, des cheveux bouclés, et surtout les rires sans entrave et les accents étrangers. Les accents maghrébins en particulier, la phraséologie, la prononciation soulèvent mon désir, ce qui amuse beaucoup mes connaissances :

– Tu es vraiment bizarre !

Je suis un être humain, même imparfait.

Mais cette phrase-là : « Tu m'appartiens » était-elle une preuve d'amour ?

J'avais souvent entendu des filles au collège ou au lycée s'en réjouir.

– Il me dit que je suis à lui ! Lui aussi m'appartient, c'est mon homme !

Mais je n'appartenais qu'à moi. Et personne ne m'appartenait. À vingt-deux ans, je ne supportais plus le rôle de poupée. J'essayais de m'animer. La liberté de l'aimé n'était-elle pas la plus belle preuve d'amour ?

On voulait me posséder, corps et âme, alors que je n'étais pas tout à fait en pleine possession de moi-même. Pourquoi ce besoin-là, puisqu'on m'inculquait depuis l'enfance que j'étais un fardeau ? Que m'accorder de l'attention, c'était une corvée ou un service rendu, suivant le point de vue ?

Quelque chose en moi se révoltait. Je ne voulais pas appartenir à quiconque, encore moins à cet homme-là. Car je savais déjà : je le quitterais, comme les autres.

Mais sortir avec lui m'arrangeait : avoir un protecteur dans la cité m'évitait les tournantes dans la cave ou de servir de mule aux caïds du quartier. On a les protections que l'on mérite, selon sa position sociale. Nous vivions à ce moment-là dans la banlieue de Dunkerque, chez la famille Dalton, un nom hilarant à nos yeux : les Dalton nous retenaient en otages, mais que fichait donc Lucky Luke ?

La famille n'avait d'amusant que le nom. Les parents, toujours maussades et avares de tendresse, s'occupaient peu de nous. Mais nous en étions satisfaites : le père se désintéressait de notre corps et la mère avait les mains trop prises par le ménage pour nous talocher à tout va.

Le quartier, lui, chuchotait sur notre passage : Les sorcières ! Sorcières, car les gens s'effrayaient de nos mutismes et nos manières raides, de cette alchimie entre nous qui se moquait des paroles, de nos traits trop semblables. L'une était malade et se retrouvait à l'infirmerie de l'école ? L'autre l'était aussi, même si elle était dans une classe différente. L'une pensait quelque chose ? L'autre entendait. Un jour, l'une de nous s'était perdue lors d'une sortie scolaire. L'autre l'avait localisée sans dévier, alors que l'enseignante se précipitait derrière elle en agitant les bras :

– Reviens ! Elle n'a pas pu aller par là ! (Et pour elle-même :) Je vais finir par perdre les deux !

Mais l'une d'entre nous savait : les corps se rapprochaient, cela produisait une espèce de chaleur, comme des courants invisibles sous la peau. Tu chauffes !

Si je devais appartenir à quelqu'un, c'était à elle, pas à lui.

J'avais écarté l'affirmation « Tu m'appartiens » d'un gentil demi-sourire, mais il avait perçu l'ombre dans mon regard : un muscle de sa mâchoire, en se crispant, l'avait trahi.

– Tu m'appartiens, avait-il répété.

Plutôt un grondement.

J'aurais dû lui crier : Non ! C'est faux. Comment oses-tu, je suis une femme libre ! Même s'il avait raison : j'étais propriété de tous, puisque tous décidaient pour moi.

Quand j'avais voulu le quitter, comme prévu, il m'avait retenue dans son appartement.

– Tu ne sortiras pas d'ici !

J'entendais le mot imprononcé : vivante.

Mais je devais sortir, ma sœur m'attendait.

Il avançait sur moi, je reculais, jusqu'à finir bloquée dans un angle du salon. Les yeux aussi vides que les puits abandonnés, il brandissait un long couteau de cuisine ; j'ai su qu'il allait frapper. À l'heure de mourir, dit-on, notre vie défile devant nos yeux. Avant cette scène, j'en riais. Pourtant, c'est exact : un fil s'est cassé dans ma tête et la pelote s'est débobinée. Tout ça pour ça ? Finir poignardée dans une HLM de banlieue ? Une vie tronquée, un numéro dans les statistiques de l'Insee ?

Si Papa n'était pas mort, ma trajectoire aurait été différente.

Mais le destin nous a noyées avec lui.

S'il était là, je ne serais pas ici, tétanisée devant la lame d'un couteau, victime de mes alliances avec les mauvais garçons. Qu'allait devenir ma sœur sans moi ? Sentira-t-elle la lame du couteau traverser mon corps ?

Mais il n'a pas frappé, pas à ce moment-là. Il a exhalé un long soupir, s'est détourné.

– Dégage.

J'ai décampé, mais pas assez vite, j'ai senti un choc dans mon dos, comme s'il me poussait. Juste ça, une poussée.

Plus tard sous la douche, j'ai éprouvé la brûlure. J'ai pivoté devant le miroir, j'ai tâtonné pour localiser l'origine de la douleur. J'ai demandé à ma sœur de regarder pour moi. Sous ses doigts, sous les miens, une profonde entaille s'ouvrait à quelques millimètres de ma colonne vertébrale. Il avait frappé, mais avait sans doute retenu son geste au dernier moment. Sous le coup de l'adrénaline, ou parce que le circuit de la douleur est compliqué chez moi, je n'ai rien senti.

– Six millimètres de plus et c'était au mieux la paralysie, au pire la mort, m'avait annoncé le médecin.

Je lui avais inventé une histoire d'agression par un inconnu à la nuit tombée :

– Il portait une capuche, son visage était dans l'ombre…

Et je voyais vraiment cet homme courir dans ma tête, me frapper, me larder, et se dissoudre dans les ténèbres de ma pensée.

Porter plainte ne m'avait pas effleurée. Dans les cités, on n'appelait jamais à l'aide. On réglait ses problèmes entre protagonistes, sous le regard de l'injustice.

Heureusement, après ces événements, nous avons rapidement changé de famille d'accueil. Les arrachements perpétuels avaient leurs avantages.

J'avais au moins compris ça : l'indépendance est une bataille de tous les instants, et personne ne pouvait combattre à ma place.

La cicatrice est toujours là ; la marque du couteau, en travers de mon dos. Elle me rappelle d'où je viens et la barbarie des hommes.

Si jamais j'oubliais.

L'amour, la douleur, la haine. Un ordre constant, même si parfois le chemin fait une boucle. La haine est un sentiment puissant, plus fort et destructeur que l'amour. Elle guide nos chutes. Cet homme-là prétendait m'aimer. Il m'avait souvent protégée, puis avait tenté de me tuer. Je n'arrivais pas à trouver de sens. Rien n'était immuable, surtout pas l'amour. Je l'ai compris récemment de la pire des manières.

La vérité, voilà un mot important pour moi, même si je ne dédaigne pas mentir à l'occasion. Car tout n'est pas bon à dire. Il y a des choses qui doivent rester enterrées.

Les cadavres, par exemple.

Notre téléphone sonne : encore ma mère. Depuis ce matin, elle tente de nous joindre. Nous avions dépassé sa date limite de retour. S'inquiétait-elle pour nous ou plus probablement ne supportait-elle pas notre nouvelle indépendance ? J'éteins. Désolée, Maman, pour tes filles désobéissantes. Fais tes courses toi-même.

Par-delà la vitre du train, le mustang galope à travers champs, loin des usines et leurs brouillards. Sa crinière dégouline de sang, ses naseaux écument, la fumée monte jusqu'au ciel ; mon cheval brûle de l'intérieur.

Je décolle mon front de la vitre.

Deux sièges derrière moi, un groupe de femmes se dispute au sujet d'un homme :

– Un hypocrite ! éructe l'une d'elles.

– Jalouse ! Il te plaît bien, hein, mais lui se moque de toi ! lance la deuxième, c'est moi qu'il aime.

– Pfff, rétorque l'intéressée, l'autre jour figure-toi qu'il m'a parlé...

– Et alors ? Regarde (la femme exhibe son annulaire), je suis fiancée !

– Taisez-vous, vous vous faites remarquer ! assène la troisième.

C'était en effet obscène de déverser sa joie devant qui ne se mariera jamais.

Mais préserve-toi, petite conne, jette cette bague par la fenêtre, un jour, cet homme te plantera un couteau dans le dos. Au sens propre ou figuré, qu'importe : les deux te tueront.

Ma sœur me regarde, à la fois amusée et lasse.

Je reviens à mes pensées, à la famille Dalton, à la cité, à ses grappes de jeunes dealers qu'il fallait enjamber à ses risques et périls dans l'escalier de l'immeuble.

Parfois, des cris, suivis d'une cavalcade.

– Les keufs ! Planquez tout !

Les policiers surgissaient dans le hall, les jeunes s'y alignaient comme des communiants.

– B'soir, messieurs les agents.

– Bonsoir, qu'est-ce que vous faites ?

– Rien, on rouille.

– Vous n'êtes pas en train de vendre de la drogue, au moins ?

– Non, m'sieur l'agent. Vous nous prenez pour qui ? On est pas des dealers.

Nous vivions un étage au-dessus. L'isolation acoustique, défaillante, nous permettait de tout entendre.

Pour nous, la vie de l'immeuble était un genre de série télé, pas la réalité, puisque les murs nous séparaient. Évidemment, dehors, c'était autre chose. Mais le hors-champ ne nous concernait pas. Le bac à sable sur la place, devenu au fil du temps réservoir à seringues usagées, le braquage de la pharmacie, les mères qui appelaient à la fenêtre leurs enfants à l'heure des repas (certains ne répondaient jamais, parfois on retrouvait leurs corps dans une cave), tout cela n'existait pas vraiment.

Il fallait compartimenter, sinon le monde nous aplatirait sous son poids. Notre cerveau était trop fragile pour supporter les intrusions.

Certaines fenêtres s'entrebâillaient. Vu de celle de notre chambre, au loin sur la colline, se découpait un château d'eau.

– C'est quoi ? avions-nous demandé à Ma' Dalton, sans mots, mais en tendant le doigt.

Elle entrait à ce moment-là dans la pièce avec une corbeille à linge, la tenant à pleins bras comme si elle exhibait un ventre de femme enceinte.

– Un château d'eau. C'est là-bas que l'eau est stockée.

Un château d'Ô, merveille !

Il nous invitait aux rêves, à inventer mille histoires. Le château d'Ô protégeait l'eau de la planète : flaque, rivière, torrent, lac, mer, océan, cascade, pluie ! Était-il ceinturé de remparts et de douves, avec un pont-levis pour y accéder ? Une file de gens s'étirait dans la cour royale, seaux à la main, l'eau giclait, éclaboussait, rafraîchissait.

À quoi rêvent des jumelles autistes de dix-sept ans ? À leur futur ? Non, nous savions déjà qu'il n'y avait aucun avenir.

Nous rêvions à la seule chose qui attirait notre regard par-dessus la forêt d'immeubles : le château d'Ô et le jour où nous gravirions la colline pour l'atteindre.

Nous avons tenu nos promesses.

Les années avaient passé et le château était à sec. Plus petit que dans nos chimères, pas de quoi y faire entrer une armée, verrouillé, sale, la peinture écaillée. Ni fleuve ni océan, juste une flaque nauséabonde tout autour. De l'huile de moteur.

J'aurais dû préserver le château dans ma mémoire. Continuer de rêver, ne jamais dépasser la frontière qui sépare le réel et l'imaginaire ; les souvenirs s'abîment si on les confronte à la vérité.

J'étais faite pour les entre-deux. Les lieux intermédiaires où personne ne passait jamais. À la lisière des mondes, au bord du vide, je vacillais. Si je m'accrochais bien, le gouffre ne m'avalerait pas. Il était sans fond, les ténèbres attendaient leur heure.

Je vivais simultanément plusieurs existences : l'imaginaire, la réelle, un mélange des deux, et surtout celle que j'aurais dû avoir si… Il subsiste quelque chose de laid et d'inachevé dans ces vies-là – je n'en vois pas le bout.

VII.

Montpellier.

Les façades de la vieille ville entravent le soleil. Des pots de fleurs aux fenêtres égaient la rue étroite. Mima se tord les chevilles sur les pavés, lève la tête vers le bâtiment qui l'intéresse : des draps sèchent au dernier étage.

Elle s'immobilise devant la porte, lit les noms sur l'interphone en réchauffant ses doigts.

Thierry Benedetto… Jean Smadja… et… Béthanie Morin.

La voilà, la cible.

Elle presse le bouton.

Une voix caquetante :

– Ouiiii ?

– Bonjour, madame, je fais partie de l'équipe des colis alimentaires de la mairie. Vous êtes sur ma liste. Je peux entrer ?

Bourdonnement.

La chaleur du hall caresse les joues de Mima. Troisième étage. Elle monte souplement l'escalier, pas question de prendre l'ascenseur. Et s'il se coinçait ? Elle avait lu un jour l'histoire de cette Chinoise morte dans un ascenseur. Des ouvriers, venus faire la maintenance, avaient coupé l'électricité sans s'apercevoir de sa présence. Ils étaient revenus un mois après. Trop tard bien sûr. Mima essayait de ne pas songer à l'agonie de la femme. Elle avait crié, sûrement, gratté la porte jusqu'à s'arracher les ongles. Puis elle s'était affaiblie au fur et à mesure que ses organes la lâchaient, avait eu des hallucinations, parlait à des gens invisibles, et peut-être avait-elle pensé avant de mourir qu'elle aurait mieux fait de prendre ces fichus escaliers.

Mima arrive au troisième étage.

Sur le palier, un œil l'observe dans l'interstice d'une porte.

– Où sont les colis ?

– En bas dans la voiture. Je dois d'abord vous faire remplir un questionnaire.

– Ah ? J'espère que ce ne sera pas long. Entrez.

L'appartement pue le vieux, le fané, l'enfermé.

Elle n'a pas changé, pense Mima en la suivant jusqu'au salon, sa démarche est la même, avec une petite claudication du côté gauche. Un crucifix trône sur le mur au-dessus de la télé, une statuette de la Vierge Marie est posée sur la table.

– Vous avez des questions ? s'impatiente Grenouille de bénitier en l'invitant à s'asseoir.

Mima sort un calepin et un stylo.

– Vous n'enlevez pas vos gants ?

– Non, j'ai froid.

– Comme vous voulez. Je vous écoute.

– Pensez-vous que Dieu condamnera votre silence ?

– Pardon ?

– Si quelqu'un commet un crime, vous avez le devoir de le dénoncer, n'est-ce pas ?

– Certainement, mais je ne comprends pas vos questions.

– Combien d'enfants avant nous ? Après nous ?

Grenouille de bénitier cligne des yeux, réajuste ses lunettes demi-lune sur son nez, essayant de se remémorer le visage qui lui fait face.

– On se connaît ?

– Vous saviez que Victor nous violait ?

Encore un clignement d'yeux.

– Oh, ça ? Il s'amusait, c'est tout. Ce n'était pas vraiment des viols, n'exagérez pas. C'était juste un bon vivant. Les petites filles aimaient le provoquer, l'exciter avec leurs corps

juvéniles (elle grimace). Ces perverses. Et lui, il était faible, comme tous les hommes. J'ai beaucoup prié pour lui.

– Vous avez prié pour lui ? Et pour nous ?

– Mais qui êtes-vous à la fin ?

Ainsi, il y en avait eu tellement que la vieille ne pouvait nommer la jeune femme.

Mima hésite à répondre : Je suis la vengeance ! Trop théâtral, presque comique.

– Je suis une âme perdue.

– Eh bien, essayez de retrouver votre chemin toute seule. Je suppose que vous n'avez aucun colis pour moi. Alors partez, et ne venez plus souiller la mémoire de mon cher époux.

– Vous ne voulez pas m'écouter ?

– Non. Il n'y a rien à dire. Vous ne savez pas ce qu'est une bonne épouse. Ce qu'elle doit consentir.

Elle examine les mains gantées de la jeune fille.

– Je suis sûre que vous ne portez pas d'alliance. Personne ne vous passera jamais la bague au doigt, vous êtes une pécheresse.

Grenouille de bénitier se lève. Mima aussi. Dans un mouvement rapide, la jeune femme s'empare de la statuette sur la table et frappe la tête, ses propres tempes cognent – elle songe à l'ironie de la situation : Grenouille de bénitier tuée par la Sainte Vierge – et frappe encore (personne ne vous passera jamais la bague au doigt, non, personne… la bague au doigt), han! jusqu'à ce que l'objet se brise et que la vieille femme s'affaisse.

Mima pose deux doigts sur le cou de l'inanimée : le pouls a cessé.

Elle sort de l'appartement. La rue s'éveille, il convient d'être discrète. Mima enfonce ses mains dans ses poches et baisse la tête.

« Personne ne vous passera la bague au doigt. » Comment a-t-elle osé dire ça ? Si elle n'était pas déjà morte, je serais revenue chez elle pour lui faire savoir ma manière de penser.

J'aurais pu rétorquer : À qui la faute ? Qui m'a bousillée ?

Les mots viennent toujours trop tard. Après les dialogues ratés, je ressasse les événements : j'aurais dû dire telle ou telle chose… ça lui aurait fermé le clapet ! Je réinvente la scène.

Qui l'a bousillée ?

Son mari. Pantalon. Avec son ventre flasque et son membre dur. Pas seulement lui, hélas, mais il était le premier d'une trop longue série. Celui qui avait ouvert la voie aux autres, qui nous avait fait penser que ce n'était pas si grave, non ? Qui avait tué en nous ce qui voulait éclore, malgré le silence.

Mais le monstre, c'était elle, Grenouille de bénitier, celle qui n'avait même pas l'excuse d'agir par pulsion. Sans pitié, elle protégeait sa réputation. Qu'importe les tourments d'autrui, elle avait déjà à faire avec les siens. L'indifférence est le pire des maux, elle déroule le tapis rouge aux abus. La grenouille a détourné la tête, s'est réfugiée à l'église où son Dieu l'attendait, le cul vissé à l'autel. Sors de chez toi, Jésus de Nazareth, viens chez nous, observe les agissements de tes enfants ! Comment les as-tu élevés ? N'as-tu pas honte ?

C'est vrai, je ne longerai jamais la nef de ton église en robe blanche. Encore moins au bras de mon père.

La blessure initiale, le manque, était née bien trop tôt, au-delà de ma condition. Ce jour crucial, Maman m'avait dit, alors que je m'arrachais la peau autour des ongles, terrassée par l'attente :

– Papa est mort.

Mais je ne comprenais pas ce que cela signifiait.

Une chose abominable sûrement, puisqu'elle pliait ma mère en deux.

– Il ne reviendra jamais.

– Même pas pour nous lire des histoires ?

Ma mère avait soupiré. Posait-on des questions aussi stupides ?

– Ben non, il est mort.

– C'est comment quand on est mort ?

– Il n'y a rien. Du noir partout.

J'avais été terrifiée : mon père, plongé dans des ténèbres infinies, lui, l'homme de toutes les aubes ?

– Mais ce n'est pas grave, avait ajouté ma mère, il ne sent rien, il ne pense plus.

C'était encore pire. J'essayais d'imaginer la mort de l'âme, mais cette logique m'échappait. Cela n'avait aucun sens. Papa vivait forcément quelque part. Comment peut-on éteindre l'esprit puisqu'il n'est pas matière ? Avait-il vraiment besoin de la mécanique du corps pour survivre ? Drôle d'idée ! Non, Papa vaquait encore ici et là, nous encerclant de ses bras fantômes, soufflant dans nos cheveux, caressant nos têtes. Le soir, il chuchotait ses histoires de marins à nos oreilles, je sentais au réveil l'odeur de sa joue salée.

Je tâtais l'air autour de moi, je projetais mes mains en avant, mais rien ne m'effleurait.

– Où est son corps ?

– Au fond de la mer.

Dans les abysses !

Les familles des poissons autrefois pêchés devaient savourer la vengeance : les carrelets, les maquereaux, les bars et les morues, en bancs, en bataillons, en rangs serrés, avaient dû se jeter sur lui pour arracher sa peau, la pinçant avec leurs bouches sans dents – jusqu'à l'os. Sa chair s'éparpillait dans les eaux profondes.

J'avais chassé l'image.

À force de les refouler, mes larmes restaient coincées. Pourtant, j'aurais voulu enfouir ma tête sur la poitrine maternelle, sans doute chaude et réconfortante. Mais ma mère nous repoussait, préférant vivre son deuil en solitaire.

La mort de mon père ne l'avait pas seulement enveuvée, elle la laissait seule avec nous.

Je culpabilisais, comment faire autrement puisque son regard nous accusait ?

Ma mère avait tout tenté pour nous guérir de l'autisme, même si son nouveau médecin (l'ancien avait pris sa retraite) s'échinait à lui répéter que ce n'était pas une maladie.

Elle avait entendu l'histoire d'une mère qui se vantait d'avoir guéri son fils autiste avec une bonne alimentation.

– Maintenant, il parle !

Mais l'autisme n'était pas que le silence, loin de là, et il m'était venu à l'esprit que la plus limitée de nous, c'était elle.

Cependant, persuadée du bien-fondé de ses actions, ma mère nous préparait des plats équilibrés pour contrer les nutriments détraqueurs de cerveau. Elle nous gavait de noix et de poireaux, nous assommait avec sa méthode

Coué qui consistait à nous répéter quelque chose en boucle jusqu'à ce qu'elle se produise et nous avait inscrites à des cours de relaxation-yoga-sophrologie-respiration ventrale.

Hélas, ses efforts ne menaient à rien, à part nous stresser davantage.

Le médecin s'alarmait : elle en faisait trop. Mais ma mère lui clouait le bec :

– Qui vous dit que ce n'est pas votre faute avec vos foutus vaccins, hein ? Ou les médicaments que vous m'avez prescrits pendant la grossesse ?

Notre état ne pouvait être naturel, il était forcément le résultat d'une défaillance quelconque. Des abîmées, voilà ce que nous étions.

Nous avions juré de nous amender, de devenir meilleures, normales. Mais notre nature nous en empêchait. Plus nous essayions d'entrer dans le moule, plus il nous blessait. D'un regard, notre mère nous foudroyait. Pourquoi une telle haine ? Nous en voulait-elle de notre handicap, ou pire : s'en voulait-elle pour la même raison ?

Mes émotions me submergeaient. Pour les contenir, je les décomposais. Mais elles étaient comme des bombes à fragmentation.

J'aurais pu me marier, il ne faut pas croire.

À vingt-sept ans, j'avais rencontré Jon dans le parking souterrain de l'hôpital de Dunkerque. J'avais un rendez-vous avec mon psychologue. Aucune voiture à moi n'était garée dans ce parking réservé aux médecins, mais de là, on pouvait accéder à l'hôpital sans passer par l'accueil. Le psychologue m'avait cédé un passe le jour où j'avais fait une crise d'angoisse dans le hall d'entrée.

Ce vendredi-là, celui de la rencontre avec Jon, deux individus avaient tenté d'arracher mon sac à main.

Jon était intervenu, « pas pour moi, mais plutôt pour sauver les agresseurs d'une mort certaine », plaisantera-t-il par la suite. En effet, au moment où il se précipitait, je martelais le visage de mes assaillants avec mes talons aiguilles que j'avais déchaussés à la hâte.

– Dans ta robe rouge, disait Jon, tu ressemblais au Petit Chaperon rouge, je l'ai pensé en te voyant. Mais j'ai vite compris ta vraie nature : tu étais le Grand Méchant Loup déguisé en Petit Chaperon rouge.

– Sûr que je sais mieux taper avec des escarpins que marcher avec.

J'avais ri.

J'avais ri ! Que m'arrivait-il ?

Il avait pris mon numéro, m'avait donné rendez-vous sur un quai. Un vent glacial soufflait, je craignais que mon nez rougisse. Sous un lampadaire, dans le clair-obscur, il m'avait embrassée. Je m'étais retrouvée entre ses draps.

Reste, me suppliait-il après l'amour. Ne pars pas si vite. Je rassemblais mes affaires, fuyant dans la lumière du petit jour. Les insomnies s'étaient estompées, je pouvais dormir quelques heures. Et j'aurais adoré les passer blottie contre lui. Mais le sommeil rend vulnérable. Je craignais d'être à visage découvert, nue d'âme, sans défense. Je refusais. Je le blessais. Avais-je aimé faire l'amour avec lui ? Pas plus qu'avec un autre. Pourtant, on me le répétait : faire l'amour avec amour était incomparable. Rien à voir avec une vulgaire histoire de sexe. Pour moi, c'était trop de données à intégrer. Un gouffre se creusait. L'amour m'empêchait de lâcher prise. Mon corps s'était mis à réfléchir, à craindre l'abandon, il se rétractait sous les coups de boutoir. Je l'aimais, alors je lui fermais mes cuisses maintes fois ouvertes. Je préférais l'amour factice des inconnus.

Pourtant, quand Jon s'éloignait de moi, il m'arrachait les tripes : il pouvait les dérouler, me promener en laisse s'il voulait.

– Épouse-moi ! suppliait-il.

J'en rêvais, alors je me l'interdisais.

Quand il m'avait quittée, épuisé d'essayer de me retenir après l'aube, j'étais restée prostrée dix jours dans ma chambre, rongée par la fièvre. Sans lui, je crevais de faim, de soif, de quelque chose d'indéfinissable. Mais je ne pouvais pas entretenir une relation à long terme. Quelque chose manquait en moi. À cause des maltraitances, ou de l'autisme ? Difficile à débrouiller. L'un va rarement sans l'autre. Mais, quelle qu'en soit la cause, c'était irrattrapable. Et puis la mort de mon père me l'avait enseigné : l'amour détruit, la blessure d'abandon ne cicatrise jamais. Aimer quelqu'un, c'est comme saler les plaies, les raviver. Car il ne faut pas se leurrer : rien n'est immuable, je le répète, tout change et se transforme. Je ne suis pas faite pour les mondes mouvants.

Alors, approche-toi, oui, mais pas trop : je marche avec les ombres.

Nuit après nuit, les amants s'enchaînent et m'enchaînent, leurs visages s'égarent dans mes crépuscules. À force d'être caressée, ma peau se tannera. Je n'éprouverai plus rien.

Bercées par le roulis du train, tête contre tête, ma sœur et moi rêvons de nos amours perdues.

VIII.

– Merde ! s'exclame ma sœur.

Les passagers du train se retournent vers nous.

J'étais en train de feuilleter un journal, tandis qu'elle surfait sur les réseaux sociaux.

Je chuchote :

– Quoi ?

– Regarde !

Sur l'écran du téléphone portable s'affiche un avis de recherche. Le nôtre.

J'hésite à comprendre. La police nous suspecte-t-elle déjà de nos crimes ?

Mais l'avis indique : Disparition de personnes vulnérables – Mireille et Marie, trente ans, autistes. Deux photos de nous, type identité, nous fixent. Qui est qui ? N'est-ce pas la même photo dupliquée ?

Les gens qui nous verraient sont priés de ne pas nous intercepter eux-mêmes, car nos réactions sont imprévisibles. Il faut appeler un numéro : celui de ma mère. Garce !

L'annonce a été partagée plus de deux mille fois, y compris par la gendarmerie.

Comment osait-on afficher ainsi notre fragilité ? Brosser de nous ce portrait lapidaire ? Nous valions plus que ces photos monochromes et banales, plus que nos yeux plissés par la lumière du flash, nous étions imprévisibles, oui, mais pas seulement : nous portions en nous des univers entiers – que personne ne voulait explorer. La société nous pistait sous prétexte de handicap. Autistes et meurtrières, nous étions doublement en cavale.

Un fracas. Le black-out.

Quelque chose vient de se passer. Quoi ? Ma pensée se dissout.

Mais je rêve, et le rêve envahit ma tête. Je cours dans des bois opaques. Les branches me giflent, je protège mon visage de mes bras repliés. Derrière moi, le souffle de la bête. Le bruit de sa course dans les herbes hautes, les muscles ramassés, prête à bondir sur moi. Un long filet de bave déborde de sa gueule ouverte. Elle me dépècera, m'éviscérera. N'est-ce pas déjà le cas ? Il flotte dans l'air une drôle d'odeur : peur et sang mêlés.

Je m'arrête soudain, trempée de sueur. Une volte-face. Qui poursuit qui ? Je m'aplatis dans les ravines pour échapper au prédateur. Je guette ma proie. Suis-je le bourreau ou la victime ? Tout est si confus. Je me réveille sans comprendre où je me trouve. Me voici allongée. Ai-je eu une crise, l'une de celles qui me jettent à plat ventre par terre, hostile au bruit et à la lumière ? Les paupières si serrées qu'elles pourraient saigner, le corps secoué par le vacarme, comme s'il tapait à l'intérieur de moi ? Me voici allongée et je ne sais pas comment j'en suis arrivée là. Effrayant.

Aurais-je dormi dans le train ? Impossible ! Il y a eu ce fracas, un boum ! un grincement de freins. Le wagon a penché, je me souviens. Il s'est couché.

Mon regard accommode la scène : je ne reconnais rien. Quelque chose coince ma jambe. Je tire, mais ai-je tiré dans le bon sens ? Mes repères se brouillent. Je respire un grand coup.

Ma jambe est passée sous le pied du siège. Et le siège est à la verticale. Je me dégage doucement, frotte ma cheville endolorie. Rien de cassé.

Ma sœur ?

Elle ouvre les yeux à quelques mètres de moi, à cheval sur deux sièges. Je sais qu'elle va bien. Il y a de la fumée, des cris, des toussotements.

Le train a déraillé.

Comment est-ce possible ?

La France est le troisième pays le plus sûr en matière de sécurité ferroviaire, et les pourcentages de décès liés au train sont de l'ordre de 700 à 1 000 par an, avec un taux de 0,077 par million de trains.

Ma sœur se relève, titube, avance vers moi, et je fais de même. Notre étreinte sent le gazole. D'en haut, par une fenêtre, une main se tend vers nous. Des bras puissants nous hissent à l'extérieur, nous poussent sur le bas-côté.

– Mettez-vous là, mesdemoiselles. Les secours arrivent.

– Nos valises !

Je tente de revenir vers la rame. L'homme me ceinture.

– Ne me touchez pas !

Mon cri fait se retourner quelques têtes.

– Oh, c'est bon, hein, je veux juste vous aider !

Pas le moment de nous faire remarquer.

– Excusez-moi, je crois que je suis en état de choc.

– D'accord. Asseyez-vous.

Je m'exécute.

Mais il faut nos valises, nos robes rouges sont dedans, et si nous ne les portons pas, notre vengeance ne pourra s'exercer. Non, ce n'est pas de la superstition, c'est de la logique. Petits Chaperons rouges dans les bois ont jadis rencontré les loups. Bientôt, nous provoquerons le chef de la meute. Le pire d'entre tous. Celui qui a foncé gueule ouverte chez Mère-Grand pour la bouffer toute crue, dissimulant ses crocs sous un sourire trompeur, tirant la chevillette pour que la bobinette choie – avec tout le reste.

Le rouge, les robes, le loup, la vengeance : nous avons besoin de repères pour nous ancrer dans la réalité.

Les secours arrivent, mais nous sommes à peine éraflées. Quelques ecchymoses, une cheville tordue. Nous leur faisons signe : tout va bien, éloignez-vous. Les pompiers descendent sur les voies afin d'aider les survivants dans les voitures.

– Combien de morts ? souffle le conducteur du train, alors qu'un secouriste place son bras en écharpe. Combien ?

Le secouriste secoue la tête :

– Calmez-vous. Vous le saurez bien assez tôt.

Un enquêteur s'approche du blessé. Instinctivement, nous nous détournons. Et s'il avait connaissance de l'avis de recherche ?

– Vous êtes le conducteur ? Que s'est-il passé ?

– Il m'a semblé entendre un boum, comme une explosion, et le train est sorti des voies.

– Effectivement, l'une des rames a brûlé. Il y a au moins une dizaine de morts et autant de blessés graves.

– Seigneur ! C'est un attentat, vous croyez ?

Les deux hommes nous regardent. Nous baissons les yeux en rougissant. Pourtant, cette fois-ci, je jure, nous sommes innocentes.

– On trouvera celui ou ceux qui ont fait ça, mesdemoiselles. Ils ne s'en sortiront pas impunément.

Pourquoi fallait-il que cela arrive maintenant, alors que nous devons être ce soir à la salle des fêtes de l'arrondissement 4 de Marseille pour commettre notre propre carnage ? Je regarde l'heure. Notre timing était déjà serré, nous allons devoir nous hâter.

L'enquêteur poursuit son interrogatoire :

– Y a-t-il eu des menaces récemment contre la SNCF, ou même contre vous ?

– Pas que je sache.

– Peut-être un employé licencié ? Un client mécontent ? Les gens sont fous.

– Je ne sais pas. Je suis désolé de ne pouvoir vous aider davantage.

– Il n'y a pas de mal. Mais nous devons vous soumettre à un contrôle d'alcoolémie, c'est la procédure.

Je cherche un moyen de nous éloigner sans paraître suspectes.

Me relevant, je lance à ma sœur :

– Allons récupérer les valises.

– Non, m'intime l'enquêteur. Cela peut être dangereux. Laissez les services compétents extraire vos bagages des rames, ils vous les rassembleront ensuite et…

Il s'interrompt, nous fixe.

Ça y est, il nous a reconnues, sûrement à cause de l'avis de recherche, ou alors il nous sait meurtrières, dénoncées par une caméra de surveillance ou le portrait-robot d'un témoin. Il va nous menotter, nous enfermer dans son fourgon et…

– Vous êtes jumelles ?

Me voici tellement soulagée que je pleure comme une démente.

– Rasseyez-vous, vous êtes en état de choc. Non, ne vous relevez pas.

Je m'exécute.

Mais je me relèverai, que tu le veuilles ou non, je ne fais que ça depuis toujours. Cet avis de recherche suspendu au-dessus de nos têtes, quel sale coup ! Avions-nous oublié l'incertitude du monde, la volonté de notre mère ? Au loin, l'horizon frémit. Mon mustang s'éloigne après un dernier regard vers moi. Il a l'air fatigué. Sa croupe s'amenuise, sa queue se balance. J'ai hâte de le retrouver.

Non loin de nous, une femme grommelle :

– Ces femmes-là, elles ne sont même pas blessées et elles n'aident personne. Les gens sont d'un égoïsme, d'une insensibilité !

Mais, madame, si j'ouvre les yeux sur cette tragédie, je m'effriterai. Mon impassibilité t'égare ! En dedans, c'est le chaos.

Si je considère les corps comme autre chose qu'un amas de chair, je ne dormirai plus jamais ; l'insomnie est ma plus vieille ennemie, elle n'attend qu'un moment de faiblesse pour mordre. Si j'ouvre les yeux, je serai aussi morte que les gisants là-bas. Pardonne-moi, madame, je n'ai pas, comme toi, les tripes pour surmonter ça, je suis déjà surexposée.

Je dois la fixer d'un air inquiétant, car elle détourne le regard.

Les secours s'activent auprès des blessés et le médecin légiste constate les décès. Les médias déboulent. Un journaliste de télévision se précipite vers nous, et, nous considérant en état de témoigner, tend son micro.

– Prêt pour le direct ? demande-t-il à son cameraman.

Oh non ! Il faut empêcher notre mère de nous voir aux informations !

Ma sœur interloquée ouvre la bouche, la referme, et fait la seule chose qui lui vient à l'esprit : elle s'évanouit.

– Coupe ! crie le journaliste, avant de courir vers un autre groupe de blessés.

Je ventile ma jumelle, même si je sais qu'elle simule. Elle rouvre les yeux, se redresse.

– Ça va, mademoiselle ? s'inquiète l'inspecteur.

Elle hoche la tête.

Des agents retirent les bagages des débris. J'aperçois nos valises, je me précipite. Nos robes sont intactes.

Partons !

Mais l'inspecteur nous rattrape :

– Restez. Nous devons vous interroger.

– Pourquoi ?

– C'est pareil pour tout le monde. Vous avez quelque chose à vous reprocher ou quoi ?

Nous ne rions pas. Est-ce de l'humour ? Faut-il avouer ? Nous sommes de très mauvaises menteuses. S'il nous cuisine, nous sommes cuites (moi aussi, je peux faire preuve de malice).

– Hé ! Je plaisante. Rassurez-vous, ça ne durera pas longtemps, je vais prendre votre première déposition, puis vous nous donnerez vos coordonnées et votre adresse, on vous rappellera pour plus de détails. Mais avant de partir, allez voir les secouristes là-bas (il désigne du doigt des urgentistes groupés auprès des victimes). Vous avez l'air d'aller bien, mais on ne sait jamais, avec un tel choc, les blessures peuvent d'abord passer inaperçues.

Nous répondons à ses questions, tête baissée, cheveux devant les yeux : non, nous n'avions rien vu, rien entendu, pas d'individu suspect, nous avons été assommées et à notre réveil dans la rame, tout était fini.

Nous lui montrons nos papiers d'identité et lui fournissons une fausse adresse.

Les gyrophares des ambulances éclairent la scène. Une policière interpelle l'inspecteur :

– Viens par ici !

Elle nous dévisage, fronce les sourcils.

– On s'est déjà vues quelque part ?

Nous affichons un air impassible : notre spécialité.

– Non, je ne pense pas.

Je dis « pense » plutôt que « crois », car je sais que croire est le verbe de l'émotion, de l'irrationnel, de l'aléatoire, tandis que « penser » évoque un esprit raisonné, sûr et analytique. Ce qu'on nous apprend aux réunions de préparation aux entretiens professionnels. Ma référente Pôle Emploi serait fière de voir à quel point j'ai intégré ses conseils, même s'ils ne m'ont jamais valu une seule embauche.

La femme fouille sa mémoire, nous vrillant d'un œil soupçonneux, mais l'inspecteur, en lui déroulant ses premières constatations, l'empêche de réfléchir.

Lasse, elle se détourne de nous. Nous en profitons pour filer.

IX.

Marseille.

Quelque chose a déraillé, et pas seulement le train. Le temps cavalait, notre mère était à nos trousses – et elle était plus dangereuse que la police.

Nous devions agir immédiatement. Il fallait intercepter notre cible ailleurs qu'à la soirée en l'honneur du nouveau président de la Fédération de chasse.

À son club. Le bus affrété par la SNCF nous avait déposées en centre-ville après que nous lui avons dit habiter près du Vieux-Port.

Le ciel se couvre, le port pue le poisson, les embarcations tanguent dans la darse.

Enfants, nous trempions nos pieds dans l'eau, assises sur le ponton près duquel le bateau de notre père s'amarrait.

– C'est sale ! s'affolait notre mère.

– Laisse-les s'amuser, répondait Papa.

J'ai envie de le refaire, de regarder mes pieds disparaître dans la vase, de frissonner en m'imaginant les anguilles en dessous, mais nous n'avons pas le temps.

Nous rejoignons notre hôtel à pied, tournant sur nous-mêmes avec le GPS de notre téléphone. Ici ? Non, là.

« Prendre la direction nord-est », nous conseille l'appareil, comme si nous avions une perception des directions. Faut-il scruter le ciel comme les anciens ? Étudier la mousse sur l'écorce d'un arbre ? Nous préférons demander notre chemin aux passants.

Mais leurs explications nous embrouillent. Nous hochons la tête, remercions sans avoir rien compris.

Au bout d'une impasse, un ivrogne se défoule à coups de pied sur une poubelle. Il s'arrête pour nous observer d'un air mauvais. Pourvu qu'il ne nous agresse pas, sinon nous devrons le tuer. Mais il s'éloigne.

Je repense à nos semaines de rue. Ma mère nous avait jetées dehors, ou plutôt nous avait interdit de rentrer chez elle.

– Je veux vivre ! avait-elle aboyé à travers la porte, comme si son cri pouvait nous renverser. Je n'en peux plus !

Ainsi, avec nous, elle mourait.

Elle avait changé les serrures. Nous nous étions retrouvées sans affaires, pas même quelques vêtements. Nous dormions derrière l'église du quartier, sur des bouts de carton pour nous isoler du sol glacé. Il pleuvait à verse, les giboulées de mars, nous nous rencognions sous la bordure fine du toit qui ne nous couvrait qu'à moitié. Grelottant comme des chiens errants, nous apprenions que la pluie ne tombe jamais verticalement. Nous ignorions l'existence d'abris pour les gens comme nous, mais de toute manière nous ne voulions partager ni l'espace ni notre sommeil. Le jour, notre plus grand souci était de trouver un endroit discret où nous soulager. Nous nous nourrissions dans les poubelles et buvions l'eau qui coulait le long des gouttières. Les manches de nos pulls se salissaient, nous les roulions jusqu'aux coudes. Parfois, les hommes nous donnaient un peu de monnaie contre quelques minutes de plaisir. Rien n'était gratuit.

Une voisine avait fini par nous surprendre à dormir par terre. Ma mère, pour se justifier, avait inventé une histoire de fugue : « Oh, mes pauvres enfants, je les ai tant cherchées ! » et nous avait réintégrées chez elle.

Elle nous menaçait : en cas de rébellion, c'était de nouveau la rue. Cette fois-ci, elle s'arrangerait pour que personne ne nous retrouve. Elle vieillissait, gémissait-elle, elle avait besoin d'aide à la maison, les courses, les repas, le ménage. Il était temps de payer notre dette. Évidemment, ces choses qui paraissaient si simples se compliquaient avec nous. Nous revenions des grandes surfaces avec le quart de ce qu'elle nous demandait, épuisées par nos va-et-vient dans les allées, droite-gauche-avant-arrière comme les fourmis – sauf que les fourmis connaissaient leur destination. La cuisine n'était pas notre point fort, mais nous y arrivions, pour peu que la recette se limite à ouvrir une boîte de conserve et à faire chauffer son contenu. En revanche, le ménage nous plaisait. La moindre poussière sur un meuble nous emplissait de malaise, tout comme les assiettes sales dans l'évier. Il ne fallait pas nous forcer à nettoyer.

Notre mère, même insatisfaite de nos services, devait s'en contenter. Au moins, elle pouvait nous rouler dans la farine, contrairement à une aide-ménagère.

Nous aurions voulu vivre ailleurs, bien sûr, mais sans contrat de travail fiable, sans caution, nous étions coincées.

La haine flambait en silence.

Maman. Quel mot à la fois doux et amer ! Pourquoi ne l'assassinions-nous pas elle aussi ? Elle nous avait catapultées dans ce monde alors qu'il fallait en condamner le passage.

Mais quelque chose de sacré nous retenait. Nous étions une extension de son corps. Il y avait en elle quelque chose de nous, et inversement. Le sang des bourreaux. La tuer nous mutilerait.

Aujourd'hui, notre voyage s'achève. Quelle sera la suite ? La prison ou le retour vers notre vie d'avant à Dunkerque ?

Aucune de ses propositions ne m'enchante. Dans la geôle, enfermait-on les jumelles ensemble ? Existait-il un horizon au-delà du grand port ?

Personne ne nous attendait.

Les amis étaient rares. Parfois, ils s'agrippaient à mon bras, peut-être pour m'empêcher de tomber, mais finalement, c'est eux qui trébuchaient. Las, ils m'abandonnaient à la peur, aux excès et à la déraison. Leurs visages s'effilochaient dans ma mémoire. Avaient-ils vraiment existé ?

Que nous promettait demain ? De continuer à pointer tous les mois à Pôle Emploi sans que personne nous propose de travail ? On nous l'avait juré : les entreprises ont obligation d'embaucher un quota de handicapés, parfait pour nous ! Mais notre diagnostic nous protégeait des abus et des licenciements sauvages. Personne ne voulait risquer de ne pas pouvoir nous harceler. Et puis, entre nous, il vaut mieux embaucher un aveugle ou un sourd, ils sont plus faciles à gérer, n'ont pas de réactions imprévisibles, de pertes de contrôle ou de catatonie.

Inadaptées au travail, en société. Mais pas assez handicapées pour vivre d'une allocation, à peine les minima sociaux.

Des piles de dossiers à remplir sous des regards suspicieux : « Vous n'avez pas l'air handicapée », « Autiste ? Pourtant vous me regardez dans les yeux ! », « Ah, vous parlez ? », « Vous devez être un génie en math ? Tiens, calculez-moi la racine carrée de 16 fois 3 divisé par 2,6 »...

J'hésitais à me rouler par terre en bavant. Les refus nous assommaient.

– Vous êtes trop autonomes.

Que penserait ma mère de cette affirmation ?

Déception ! Encore une fois, nous rations le coche, le cul coincé entre deux chaises.

La société est une question de proportions. De pourcentages. De normes, de tableaux, de cases à cocher, de chiffres en dessus, en dessous. Mais trop ou pas assez, rien ne joue jamais en notre faveur.

Les psys nous tempéraient au moindre signe de colère. Mais si nous ne pouvions l'exprimer chez eux, où le ferions-nous ?

– Vous exagérez, il ne faut pas dire ça, le monde n'est pas si méchant !

Je regardais ces individus sans luttes ni cicatrices. J'avais besoin qu'ils m'approuvent au lieu de me culpabiliser. Pourquoi ne pourrions-nous pas damner l'humanité dans le secret des cabinets ? Cela me ferait un bien fou. Oui, j'exagère, je déborde, je dégouline, je m'englue dans des pensées incontrôlables.

Mais personne n'écoute, personne n'entend.

À chacune de mes accusations, on me reformulait ce que j'étais censée dire. La réflexion correcte et uniforme.

Toi le psy, accueille ma parole, respecte mes ressentis, tant pis s'ils dévient de la pensée rationnelle, s'ils sont illégitimes ou ne traduisent pas la réalité ! Laisse ma colère s'éparpiller dans ton cabinet plutôt que l'encourager à proliférer dans mon ventre !

Un jour, un spécialiste m'avait repris alors que je me déclarais endeuillée : personne ne me comprendrait jamais. Il s'était fâché, je remettais en doute les fondations psychanalytiques selon lesquelles il suffit de parler pour que les maux s'en aillent. Pas compliqué, sauf si bien sûr le patient résistait. Et sans lâcher prise, impossible d'accéder à l'état supérieur.

Mais les mots réparent moins que les actions. La sensibilité et l'empathie sont deux choses différentes. Comment savoir ce que tu ne vivras jamais ?

Le psy m'avait assené un argument imparable – selon lui :

– Et votre sœur ? Elle vous comprend, elle !

– Oui, bien sûr, mais elle est moi. Je ne peux pas la considérer comme un individu à part entière.

Sous son front plissé, je l'entendais presque penser : il ajoutait de longues heures de psychanalyse à mon planning de rendez-vous.

Faire des deuils est une condition nécessaire à la survie. Toi le psy, tu devrais être le premier à le savoir. Penchons-nous sur toi qui te sens attaqué par mes mots, alors qu'ils n'expriment que ma colère : de quels précipices essaies-tu de t'éloigner ? Toi qui arrives avec tes diplômes et tes certitudes pour m'expliquer le chaos dans ma tête ?

Son compte rendu avait été lapidaire : « La patiente résiste aux suggestions, ne veut rien entendre, n'accepte aucune remarque, et ne cherche pas réellement à changer. De plus, elle refuse les médicaments. Aura beaucoup de difficulté à s'intégrer dans la société et encore plus dans le monde du travail. »

Je me souviens de cette usine où j'avais signé un contrat d'intérim. Avec pour charge de réceptionner des saucisses sous plastique en sortie de machine et de les ranger en quinconce dans des bacs. J'étais la seule à supporter le froid ambiant de l'entrepôt et à ne jamais m'en plaindre, ce qui arrangeait bien le patron. Un travail facile en principe.

Mais un jour, la machine s'est emballée, a accéléré, éjectant en bout de chaîne des paquets de saucisses ingérables. Certaines me frappaient en plein visage. Le technicien tournait en rond, incapable de stopper le désastre.

– Débranche ! Casse la machine !

Après avoir en vain tenté de rétablir moi-même le flux, je m'étais emportée et avais jeté les paquets de saucisses sur mes collègues qui arrivaient à la rescousse.

J'ai été virée sur-le-champ. Et je n'ai plus mangé de saucisses pendant deux ans.

Ma colère me tient debout. Sans elle, je retombe comme un soufflé. J'en ai besoin : je vis la peur au ventre, les poings dans les poches.

Je me suis souvent demandé ce qu'aurait été ma vie si je n'étais pas née autiste. Si j'avais grandi ailleurs.

Sur ce dernier point, notre bilan diagnostic nous renseigne :

« Autistes type Asperger dont le haut potentiel n'a pu s'exprimer à cause d'un environnement familial instable. Élevées dans un milieu inadapté. »

Écrit noir sur blanc.

Haut potentiel, vraiment ?

Mon QI était estimé à 138, m'avait informée la psy.

J'avais tenté une blague :

– Vous avez oublié une virgule, non ?

Elle n'avait pas compris, avait relu attentivement le document :

– Absolument pas.

Mes personnalités multiples m'éreintaient : débile mentale, haut potentiel, mutique, bavarde, douce, sauvage. Mais qui étais-je à la fin ?

– Vous auriez pu réaliser tellement de choses, avait soufflé la psychologue d'un air désolé, comme si le temps ne pouvait plus être rattrapé.

Ainsi, ce n'était pas nous les insociables, les désastreuses, mais notre entourage ? Voilà qui jetait un éclairage nouveau sur notre situation. Si j'avais grandi en sécurité, serais-je devenue scientifique ou écrivaine, au lieu de trier des saucisses ?

Je ne le saurai jamais. Je n'ai plus la force ni de recommencer ni de tenir debout. « Un monstre me dévore le cerveau », avais-je écrit un jour dans une rédaction d'école. Je n'arrivais pas à l'apprivoiser, il m'échappait, me déchiquetait. Que faisait-il dans ma tête, à bouffer mes câbles internes ?

Certains disaient qu'il n'existait pas, que ce qui se trouvait dans ma tête, c'était du vent.

– On est tous un peu autistes, m'affirmaient les innocents.

Mais le monstre était malin, il se dissimulait, parfois sous des apparences flatteuses (en particulier dans les écrans télé), il m'utilisait comme une marionnette, coupant mes connexions neuronales pour me faire agir à sa guise. Pour le tuer, je devais mourir moi-même.

Je m'y applique. J'ai commencé par scier les barreaux de l'échelle sociale et me voici aujourd'hui meurtrière, définitivement sur les mauvais rails.

X.

Je fais souvent ce rêve : je marche dans un endroit bondé, au ralenti, les pieds lourds, des gens pressés passent et me frôlent, j'essaie de les retenir, de leur parler, mais personne ne s'arrête. Les regards se détournent. Enfin, quelqu'un consent à m'écouter, mais la conversation échoue : nous ne parlons pas la même langue. Agacé, mon interlocuteur disparaît dans la foule.

Je me sens seule. Soudain, une main se glisse dans la mienne. Ma sœur me porte, traversant la foule avec moi.

Et chaque jour, ensemble, nous réajustons la réalité, accumulons les deuils, déconstruisons les schémas dans nos têtes pour en reconstruire d'autres. Parce que nous ne voyons pas le monde tel qu'il est.

Nous le voulons constant, il est aléatoire.

Mais aujourd'hui, c'est nous qui le plierons à notre volonté.

Le réceptionniste de l'hôtel nous siffle lorsque nous passons devant lui dans nos longues robes rouges fendues jusqu'aux cuisses.

– Wahou !

– Wahou, répète ma sœur, mais sans doute n'était-ce pas ce qu'il fallait répondre.

Les sensations s'accumulent, les mots se mélangent, nous n'avons jamais su désengorger nos têtes, éviter ce que les anglophones appellent le *meltdown*, la crise de fureur. Nous la subirons et fracasserons ce que nous pourrons. Ensuite, nous attendrons le repli.

S'il revient un jour.

Nous prenons un taxi. Le regard du conducteur nous épie dans le rétroviseur intérieur :

– Alors, mes p'tites dames, on part faire la fête ?

– Exactement.

Demi-sourire.

– Les p'tits copains, ils sont où ?

Je me penche vers l'homme comme pour lui répondre, j'ouvre la bouche, mais je n'ai rien à dire, alors je la referme. C'est un automatisme, m'apprêter à répondre aux questions (c'est ainsi que font les gens normaux : ils répondent aux questions), mais les mots ne viennent pas toujours. Fallait-il citer un lieu comme « Chez eux », ou dire « Oui, heu plutôt non, je n'ai pas de petit copain, comment voulez-vous ? », ou fallait-il donner l'heure ? Tout s'entrecroise dans ma tête. Naguère, j'amusais les autres malgré moi en mélangeant les formules de politesse : « Veux-tu de la purée ? – Oui, enchantée. » « Assieds-toi ici. – Merci, bonjour. » « Comment t'appelles-tu ? – S'il te plaît. »

Mon mutisme déstabilise le chauffeur. Ses yeux quittent le rétroviseur, il se concentre sur son volant.

Le temps de la course, l'esprit divague. Me voici ingouvernable, le monstre enfle dans ma tête comme une tumeur et pulvérise mes maigres repères. Je regarde ma sœur, elle joue avec ses mains. L'enfance me revient en pleine figure. La nuit, avant que résonnent les pas des bourreaux, nous inventions notre forêt, à la lueur d'une lampe de chevet.

Nous pliions nos doigts comme des pinces, relevions l'auriculaire : voilà un chien… le museau s'allongeait… non, un loup ! Il se découpait en ombres chinoises sur le mur des chambres qui ne nous appartenaient jamais. Il pouvait se métamorphoser, mourir et renaître. Nous imaginions des dialogues avec d'autres animaux des sous-bois – la main repliée, l'auriculaire levé – et quand la conversation tournait court, le loup croquait son interlocuteur. Aussi simple que cela.

Nous finissions par nous entre-dévorer dans de faux claquements de mâchoires et de vrais rires intérieurs.

Et quand les pas des bourreaux résonnaient, nous éteignions la lampe, nos loups se défaisaient, la forêt glissait dans les ombres. Restait l'envie de mordre ; à l'époque, nous serrions encore les dents. Tout cela n'aurait jamais dû se produire. Notre vie ? Une mascarade.

Le chauffeur de taxi freine violemment. Le loup de ma sœur se disloque contre la vitre.

Gémissement de portière, l'homme s'éjecte de son siège pour bousculer un motard :

– Connard ! Tu crois que la route t'appartient ?

L'autre réplique, les narines frémissent, les épaules roulent, ça pue la testostérone, la bête, la dissonance. Mes os grincent, stop ! Je cherche en moi les territoires inviolés. Mais le silence n'existe plus.

Je passe la tête à la fenêtre :

– Dépêche, on a pas toute la journée !

– Ferme ta gueule, tarée, j't'ai rien demandé !

Tarée ?

L'imbécile me provoque, il se lèche les lèvres dans une attitude obscène. La signature du prédateur.

Un nuage se distend, le soleil réapparaît, plongeant le monde à contre-jour. De l'autre côté du pare-brise, les hommes se fondent en ombres chinoises.

Les ombres, elles sont revenues ! Elles rampent vers moi, s'enroulent et se déroulent, s'infiltrent, me rongent de l'intérieur. La nuit se déchaîne. Entendez-vous résonner les pas des bourreaux ?

Ta-rée. Ta-rée.

Mains repliées comme des pinces, auriculaires levés. Et claquent les mâchoires de nos loups.

Mima s'installe derrière le volant. Elle n'a pas le permis, mais sait comment conduire. Qu'importe si elle emboutit le véhicule, ce n'est pas le sien, elle peut le froisser contre tous les obstacles sans se soucier de la distance de sécurité – le plus près sera le mieux. Qu'importe le choc, l'accident, elle a déjà mal. C'est irréparable.

Marche arrière. Les hommes s'immobilisent.

– Hé, ces connasses se barrent avec ma voiture !

La situation amuse Mima, mais elle ne sait pas rire, alors elle hurle, à pleins poumons, à reculons, dans un crissement de pneus. Elle heurte un trottoir, le chauffeur de taxi se précipite :

– Ma voiture !

Mima enclenche la première vitesse, la deuxième, contourne le chauffeur qui frappe du poing la carrosserie :

– Hé !

L'aiguille du compteur grimpe, deuxième, troisième, s'affole, quatrième, cinquième.

Le bolide est lancé.

Le club de chasse se dévoile dans un virage. Une façade assez élégante, un écusson accroché au-dessus de la porte : un cerf avec de longs bois, sur lequel se croisent deux fusils.

Nous garons la voiture non loin.

Je fouille mon sac pour trouver mon rouge à lèvres et frôle le flacon d'huile de noix. Dans notre plan initial, nous devions en saupoudrer le cuissot de sanglier. Car notre victime y est allergique. Souvenez-vous. La soirée, le dîner. En quelques minutes, notre cible aurait gonflé : le visage, les yeux, la bouche, la langue, la gorge. Adieu.

Je voyais déjà la une de la presse : « Un chasseur tué par un sanglier mort », suprême ironie. J'aurais pu être journaliste, j'ai le titre facile.

Mais une fois de plus, rien ne se passa comme prévu. Nous aurions dû nous arrêter là, au seuil de cette porte, sous les bois du cerf. Ses yeux opaques nous fixaient, tentaient de nous prévenir. N'entrez pas, sauvez-vous !

Qui chassait qui ? Qui fuyait quoi ? Qui souffrait le plus : les morts ou les vivants ? Oui, nous aurions dû partir, rebrousser chemin et ne jamais revenir. Si cette porte-là avait été fermée à clé, peut-être l'aurions-nous fait. Mais elle était ouverte, il avait suffi d'abaisser la poignée.

Un vestibule, des vestes sur un portemanteau, un miroir ovale, et des tables dressées dans une salle déserte. Nous entendons des bruits étouffés, il doit y avoir une cour à l'arrière. Nous y découvrons un groupe de chasseurs s'entraînant au tir sur des cibles alignées contre un mur de soutènement.

Pan !

La poudre s'incruste dans nos narines et pique nos yeux. L'herbe humide chatouille mes chevilles, c'est une sensation très désagréable, j'espère qu'aucune fourmi n'en profitera pour grimper à l'assaut de mes jambes.

Le silence nous accueille. Dans nos longues robes rouges, flammes jumelles, nous allumons les convoitises ; les hommes nous dévorent du regard. Du gibier, des proies ! Une femme, jean et col roulé, cou emperlé, la secrétaire ?, nous toise des pieds à la tête :

– Ce n'est pas un endroit pour vous ici, nous tirons à balles réelles !

Est-ce vraiment raisonnable ? Je parie que le maire n'a jamais autorisé ça.

Mais lui, celui pour qui nous avons fait des efforts de toilette, où est-il ? Allions-nous subir un nouvel imprévu ? Serait-il malade, absent ? Pourtant, selon nos recherches, il passait son temps au club, comme une praire accrochée à son rocher.

Le cri crève le silence :

– Mireille-Marie !

Un frisson descend le long de ma colonne vertébrale. Mireille et Marie. Personne ne nous appelle comme ça. Sauf notre mère. Sauf... cet homme qui nous hèle, un fusil encore fumant à la main. Les joues écarlates, comme nos robes, comme l'arrière de ses oreilles dégagées. Pile à l'endroit où une ancre est tatouée.

Mon sang reflue, telle la mer où nous pensions l'avoir perdu.

Papa, pourquoi nous as-tu abandonnées ? Comment as-tu fait pour partir, changer aussi facilement d'identité ? Depuis combien de temps préparais-tu ton évasion ?

Malgré les années, nous t'avons reconnu à la télévision. Tu avais vieilli, modifié ta couleur de cheveux, mais l'ancre, Papa, l'ancre, elle est indélébile. Quand tu t'es tourné vers le journaliste, nous avons su. Tu n'étais pas mort, et les souvenirs dans nos têtes ne mentaient pas. Tu ne voulais plus de nous.

– Voulez-vous essayer de tirer, mesdemoiselles ?

Deux chasseurs s'approchent de nous, tendant leurs fusils.

Mais quelle bonne idée. Armez donc les enragées !

Les chasseurs se postent dans notre dos pour guider nos gestes, se frottant au passage, mais nous les repoussons. Plus personne n'a le droit d'être derrière nous.

Papa a dû comprendre avant eux, mais trop tard, nos mains tenaient déjà les fusils. Et nous savions parfaitement nous en servir. Là d'où nous venons, les armes sont des jouets. Grâce aux familles d'accueil dans les cités malfamées.

Nous visons notre père. Il fait de même, l'air à la fois hésitant et stupéfait. Nous entamons une ronde macabre, nous, pointant nos armes sur lui, lui vers nous. Quelles chances a-t-il ? Nous sommes deux, il est seul. Il n'aura jamais le temps de tirer deux balles.

Alentour, les gens peinent à comprendre. Il y a un moment flou, des rires nerveux. Les écrans des téléphones portables s'allument, pour filmer la scène ou appeler la police.

– Marie, Mireille ? Mais que se passe-t-il ? (Papa souffle profondément, un ballon crevé.) Que faites-vous ici ? Pourquoi ?

– Pourquoi ? Tu nous as abandonnées ! Pire : tu nous as trahies en faisant croire à ta mort ! Sais-tu ce que nous avons vécu sans toi ? Tu aurais dû nous protéger et, au lieu de ça, tu as préféré fuir.

Papa abaisse doucement son fusil. Sa voix flanche :

– Mes filles ! Je vous ai reconnues tout de suite, vous ressemblez tellement à votre mère !

Les mots me cognent. Toi aussi, Papa, tu ressembles à quelqu'un que j'ai connu, même si je sais désormais qu'il n'a jamais existé : tu es plus petit que lui. Mais vas-y, père indigne, tu peux encore grandir, dis-le, crie-le : nous t'avons manqué, tu agonises, chaque jour sans nous a ouvert un peu plus ton tombeau... Dis-le et nous accepterons ta fragilité.

Mais mon père poursuit :

– J'étais dépassé par la situation, c'était difficile de vous élever. Tout était si compliqué avec vous, j'ai eu peur. Comprenez-moi.

Manquerait plus que ça.

– Mais je ne me suis jamais fait passer pour mort. Que vous a donc raconté Édith ?

Soudain, je mesure la haine de ma mère. Par notre faute, notre père l'avait quittée. Mais il fallait préserver sa précieuse réputation, quitte à briser le cœur de ses filles, à les enfoncer dans le mensonge.

– Elle a sans doute pensé que c'était mieux pour vous. Elle a dû tellement souffrir.

Moi, moi, moi. Elle, elle, elle. Et nous ?

Je rugis :

– Mais nous aussi, nous souffrons ! Ça ne t'intéresse donc pas ?

Silence. Mes mots ont-ils porté ? Est-ce enfin le moment de parler ? On nous écoute. Nous racontons. Les maltraitances, l'indifférence, le mépris, les viols, la peur, la haine.

La foule frémit. Le vent se lève.

Est-ce une sirène qui mugit au loin ? Les voitures de police filant à toute allure sur le périphérique marseillais dans l'espoir de nous arrêter ? Nous, coupables d'autisme, de trois meurtres et peut-être même soupçonnées de l'attentat du train ?

– Allez-y, tuez-moi, pleure Papa (sur lui ou sur nous ?). Tuez-moi, je le mérite. J'ai tellement honte ! Je n'arrivais plus à supporter votre handicap. Je pensais que disparaître serait plus facile pour moi et pour vous. Pardon.

Il lâche son fusil, écarte les bras.

Nous voilà déconcertées. Ses justifications sont des aiguilles dans nos têtes. Ce n'est pas vraiment douloureux, mais ça pique. Nous n'en comprenons pas le sens : est-ce bien ou mal ? Pourtant, le dernier mot a rouvert une brèche dans nos cœurs barricadés.

Pardon.

La société a fait de nous des monstres. Mais n'avions-nous pas la responsabilité de résister ? De préserver notre humanité ? N'en restent que des cendres ; notre rage l'a désintégrée. Que faire de ce tas de poussière avant que le vent ne l'éparpille ?

Une certitude. Nous ne sommes pas d'ici. Quelqu'un, là-haut, a fait une erreur d'aiguillage.

D'un mouvement, ma sœur et moi pivotons l'une vers l'autre.

Face à face, les cheveux défaits. Les regards verrouillés. Fusils levés.

Notre voyage continue, ma sœur. Un monde meilleur nous attend.

Nos mots fusent en même temps que nos balles :

– Je t'aime.

Mise en pages :
Anne Offredo, Valravillon

Cet ouvrage a été achevé d'imprimer
en février 2023 dans les ateliers de
Normandie Roto Impression s.a.s.
61250 Lonrai

N° d'imprimeur : 2206529
Dépôt légal : mars 2023
ISBN : 978-2-84876-998-1
Imprimé en France